U0115100

〔二〕麥

集韻卷之十

翰林學士兼侍讀學士朝請大夫尚書左司郎中知制誥判秘閣兼判太常禮院羣牧使柱國濟陽郡開國侯食邑一千三百户食實封二百户賜紫金魚袋臣丁度等奉

敕脩定

入聲下

藥第十八 弋灼切與鐸通

鐸第十九 達各切

陌第二十 莫白切與麥昔通

麥〔二〕第二十一 莫獲切

昔第二十二 思積切

錫第二十三 先的切獨用

職第二十四 質力切與德通

德第二十五 的則切

緝第二十六 七入切獨用

合第二十七 曷閤切與盍通

盍第二十八 轄臘切

葉第二十九 弋涉切與帖業通

帖〔三〕第三十 託協切

業〔二〕第三十一 逆怯切

洽第三十二 轄夾切與狎乏通

狎〔三〕第三十三 轄甲切

乏第三十四 扶法切

十八〇藥 弋灼切說文洽〔二〕病艸文四十八 ⿸疒樂 博雅病也一說病消曰⿸疒樂 ⿸疒翟 淫⿸疒翟病也〔三〕 躍躒 說文迅也或从樂 ⿰足龠⿰足龠⿰足籥 方言登也一曰行也或从籥 ⿰女樂 美皃 趯 說文踊也 ⿺走龠 說文趞⿺走龠也一曰疾走 礿禴⿰礻籥⿰礻籥 說文

〔二〕治

【三】瀆　【四】蓺　【五】敫　【六】龥　【七】牡　【八】麥　【九】濼

夏祭也或作禴禴亦从火瀹瀹說文漬【三】也一曰水皃或作瀹鬻說文内肉及菜湯中薄出之通作瀹汋濼水名一曰水動皃通作濼爚爍說文【四】火飛也一曰爇也或作爍焲火光敫【五】說文光景流也龥龥【六】仰也或从龠覦瞲眩也或作瞲龠說文樂之竹管三孔以和衆聲也从品侖侖理也一曰量名合龠爲合籥說文書僮竹笘也闟鑰說文關下牡【七】也或从金幯幕屋謂之幯䶵說文白䶵縞也纅說文絲色也【八】蘥說文艸名爵麥也濼藥艸貫衆也一名貫節通作濼【九】櫟櫟陽縣名在雍或从藥鸙天鸙鳥名形如鷃色似鶉蝓蠼蝓蟲名螢也汋挹也春秋傳汋與之也一曰水名鑠燿烙也莊子鑠絕竽瑟一曰銷也或作燿蘥

【十一】屵　【十二】皃　【十三】鴇　【十四】獡　【十五】醎　【十六】[illegible]

風吹水謂之蘥龥呼也屵【十一】岸上出見皃𧾩動也擽竭也○𩃬拂縛切大雨文二禣姓也○縛伏約切說文束也文一○削息約切說文鞞也一曰析也文四娋說文小小侵也揱殺【十二】小也鵤鳥名○碏七約切石雜色一曰敬也文二十一䇌說文驚皃踖行皃一曰踖陵地也趞說文趬趞也一曰行皃娋小小侵也皵散皴也或作散𣟖棤木皮理麤也或省通作皵舄【十三】䧿鵲鳥名說文雒也象形或作䧿鵲舄又姓𤞼猎獡【十四】宋良犬名或作猎獡厝縣名䱜魚名潟鹵【十五】也周禮鹹潟用貆錯物理麤也汋芍陂名在宋或作芍○[illegible][illegible][illegible]【十六】爵即約切說文禮器也象爵之形中有

[一七]鼩

[一九]眔

鬯酒又持之也所以飲器象爵者取其鳴節節足足也一曰爵位也古作䨼䨼隸作爵文十五 雀 鳶 說文依人小鳥也或从鳥通作爵 穱 稺也 爝燋熦爑 火炬或作燋熦爑 鼩[一七] 鼠名出胡地 擳 博雅擇也一曰捎也掘也 𥌓 目瞑 皭 白色 ○皭 疾雀切白色一曰淨皃文十 嚼㗘噍 噬也或作㗘噍 爝燋爑 炬火或作燋熦爑 𣊵 闕人名宋有謝𣊵 鼩 鼠名似兔而小 ○鑠 燿 式灼切說文銷金也或作爍文二十 爍爍 [二〇]說文灼爍光也或从藥 爚 儵爚 光皃 嬫 美皃 𥉈 美目 趯 走也 濼藻 艸名爾雅濼貫衆[一九]或从艸 皦 敫皦不定皃 獡𤢻 說文犬獡獡不附人也南楚謂相驚曰獡或从樂 櫟 地名在晉

[二〇]熱

[二一]勺

[二二]繵 襌

[二三]菥蘘蓂

𤻲療 博雅病也或作療 踼 遽皃漢書河靈矍踼 藥 灼藥熱皃 纅 絲色 濯 水皃 ○灼焯 職略切說文炙也或作焯文二十九 芍 艸名一曰陂名 焯 說文明也引周書焯見三有俊心一曰熱也通作灼 怐 痛也驚也怒也 勺[二一]汋 說文挹取也象形中有實或从水勺一曰樂名 灼 灼爍艸木華色盛皃 酌 說文盛酒行觴也一曰取也 妁 媒也 謶 博雅讁也一曰欺也 彴 横木渡水曰彴 摭 拾也 墌 築土爲基 袀 方言袀繵[二二]謂之襌 繁 說文生絲縷也或書作繳 禚 地名在齊 穛 說文禾皮也 斫 說文擊也 菥 艸名廣雅菥蘘蓂[二三]也 犳 獸名出隄山狀如豹而無文 鼩 鼠名 炤 明也詩亦孔之炤通作灼 豹 博雅縞謂之豹 趵蹠 跡也或作蹠 圴

〔三四〕逴

〔三五〕⿰石岸

〔三六〕氂

〔三七〕弱　弓

土跡扚旁擊⿰黑勺婦人以黙飾○斮截側略切說文斬也或作截文二○

繛綽淖尺約切說文緩也或省亦作淖文十二⿰卓攵奪取物也磭碏磭

大脣兒逴〔三四〕齊楚謂跛曰逴婥婥約好也焯卓闕人名魯有孟公焯或省通作

綽斫碏〔三五〕斫不解悟兒汋水聲婼不順也○杓實若切挹酌器通作

勺文八勺勺藥調五味也芍芍藥香艸妁說文酌也斟酌二姓也彴

仢流星名或作彴汋說文激水聲也一曰井一有水一無水謂之瀱汋一曰陂名在宋

酌挹也春秋傳不內酌飲○弱弱日灼切說文橈也上象橈曲彡象毛氂〔三六〕橈弱也

弱〔三七〕物并故从二弓隸省文二十一嫋弱也⿰月弱說文肉表革裏也惹廣雅挐也

〔三八〕⿱屾永

〔三九〕楚

〔四〇〕櫡

一曰綽惹不定兒或書作⿰忄若⿰𧾷若蹂也鄀國名介於商密秦楚其後遷於南陽即鄀縣春

秋傳秦晉伐鄀是也溺說文水自張掖刪丹西至酒泉合黎餘波入於流沙桑欽所說蒻

艸名說文蒲子可以爲平席一曰菜名蠚螫痛也若⿱屾永〔三八〕⿱屮⿰卄卩說文擇菜也从

艸右右手也一曰杜若香艸一曰順也如也汝也一曰語辭古作⿱屾永⿱屮⿰卄卩通作〔三九〕叒叒⿱叒卩說文日初

出東方湯谷所登榑桑叒木也籀作⿱叒卩箬篛說文所謂竹皮曰箬或作篛楉果名

博雅楉榴柰也一說楉榴安石榴渃濩渃水大兒⿰角弱弓偏弱⿱叒足足下文

○⿰石著陟略切說文斫也一曰〔四〇〕碎石文十一櫡⿰著斤鐯說文斫謂之櫡或从斤从金通

作⿰石著⿰女乍靜也擆廣雅擊也箸著被服也一曰置也或从艸芍芍藥香艸

〔三二〕鷙　〔三三〕略

〔三四〕皃　〔三五〕㲋

〔三六〕盼

借施也安也亦姓 勺勺藥調味和也 ○著直畧切附也文四 鐯爾雅斫謂之鐯 擆擊也 籗關中謂買粟麥曰籗 ○辵勑畧切說文乍行乍止也文十四 逴博雅驚〔三二〕也一曰行皃 踔畧〔三三〕踔行皃 躇踱趠遽也春秋傳躇階而走或作踱 婼說文不順也引春秋傳叔孫婼 㲋〔三四〕說文獸也似兔青色而大 㲋〔三五〕小兔也獸名 鄀邑名 蠚䖃蠚蟲毒一曰痛也或省亦作蓋 踼躩踼遽皃 𨁈跛也 ○略力灼切說文經略土地也一曰智也行也要也取也利也亦姓文十六 擎擽取也〔三六〕 䂮磨〔三七〕切 䂮爾雅剝也䂮利也 𠞰〔三八〕約𠞰歎美也 鷩鳥名 擽擊也 掠剠說文奪取也或从刀 略盼〔三六〕也 䡑博雅䡑也一曰紩也 藥勺藥

集韻校本

〔三九〕蟲　〔四〇〕游　莫

〔四一〕谷

調味和也 蟟螺蠡蟲名說文蟲〔三九〕蟟也一曰蜉蝣朝生暮死者或作螺蠡 詻聲也 ○謔謔迄却切說文戲也引詩善戲謔兮或省文三 蹻方言蹻也山之東西曰蹻一曰燥 ○卻却乞約切說文節欲也一曰退也或作却文十 跲行不進皃 鄐鄉名在河東聞喜縣或省 瘚瘸瘃病或从却 覤視皃 蝍蟟蟲名天社也 ○腳脚訖約切說文脛也或从却文八 蹻說文舉足行高也引詩小子蹻蹻 屩𪘾鞽說文屐也或作𪘾亦从革通作蹻 卻節欲也 𧾷谷〔四〇〕 足相踦皃 ○噱𡃧極虐切說文大笑也或作𡃧通作谷 谷〔四一〕 𠯑說文口上阿也从口上象其理或作𠯑 腳牛舌 蟟蟲名蜉蝣也 御說文徼御

受屈也　醵酟　說文會歛酒也或从巨　蹻勪　舉足行高也或从力　蝍　蟲名說文渠蝍蜋一曰天社　𢙬　說文勞也　䬙　說文相踦䬙也　臄　切肉也取脾腎寘腸炙之曰臄詩嘉肴脾臄　爈　火熾　○肑筋　遒約切肑〔四四〕鳴或从竹文二　○約　乙却切說文纏束也一曰儉也亦姓文九　扚　手指節文　葯　艸名白芷也　𩚍　食節也　箹　簫小者謂之箹　䕻𧄼〔四五〕　度也或从尋　西〔四六〕　平量也　啞　笑〔四七〕聲　○𧆸虐　逆約切說文殘也从虍虎足反爪人也隸省文五　瘧　說文熱寒休〔四八〕作　𡜨　斫不〔四九〕觪悟皃　䃶　䃶〔五〇〕礦大脣皃一曰磑也　○籰〔五一〕籗篗䚄䉡　王縛切說文收絲者也或作籗篗䚄䉡文十一　貜　獸名說文𢍏貜也　𨗶　𨗶𨗶周遊也　灈

〔四四〕箹

〔四五〕䕻　〔四六〕西　〔四七〕笑

〔四九〕觪　〔五〇〕䃶

〔五一〕䚄絲

取魚竹器　𧄼　𧄼子菜名　蠼　蠼略行步進止皃　臒　砮臒〔五二〕丹也　○矆矍　怳縛切說文大視也或从矍文九　彏　說文弓急張也　戄愯　驚也一曰遽視或作愯　矍　曰不正皃易視矍矍徐邈讀　𧭢　妄言　攫　搏也　彍　張弓　○躩　屈縛切說文足躩如也　𧾵　說文大步也　𢖍　行皃太玄其志𢖍𢖍　𨜏　鄉名　○矍　厥縛〔五三〕切說文隹欲逸走也从又持之矍矍也一曰遽也文二十一　欔〔五四〕　艸名可染〔五五〕皁　韄　韄韄刀鞞章　奞　健皃　攫　說文扟也　趯　大步也　彏　行皃　钁　說文大鉏也　彏　急弦謂之彏　𨏥　𨏥𨏥車輞也　玃蠼玃　獸名說文〔五六〕母猴也引爾雅玃父善顧攫持人也或从虫亦省　貜　猿類似犬食猴　𪆰　鳥名如鵲白身〔五七〕三首

〔五二〕臒

〔五三〕睢[illegible]　〔五四〕欔　〔五五〕染

〔五六〕大

〔五八〕欆　〔五九〕遽　〔六〇〕略　〔六一〕走　〔六二〕閣　〔六三〕韋　〔六四〕士

三足　蒦 博雅持也　鄽 地名　玃 矛屬　躩 足躩如也　䮓 獸名鹿形馬足

人手　欆 木名　○戄 局縛切諦視也文七　鄺 鄉名在聞喜縣　𧾧 大步也

夒 健兒　玃 猿類　狂 狂狂犬走皃　迋 往也〔六〇〕　○臒〔六一〕 鬱縛切善丹也

文十二　蒦韄矱 度也或从尋从矢　矆 遠視〔六二〕皃　嫿嬳 作姿態也

江南謂之𤜣山東謂之嬳顏師古說一曰惜也或作嬳　蠖 屈伸蟲也〔六三〕　沃 茂皃詩其葉沃沃

若徐邈讀　戄 遽也史記晏子戄然攝衣冠謝　矆 勇皃東〔六四〕觀漢記矆哉是翁　曤 明也〔六五〕

○䡪〔六六〕𩏑〔六七〕 方縛切車上橐或从韋文三　䪖 鬻物聲　○諾 女略切〔六八〕𥁕也文

三　閣 牽引也　踖 踐也　○斮䶪 士略切〔六九〕斬也古作䶪文二〔七〇〕

〔二〕有　〔三〕度　〔四〕辭　〔五〕肶　〔六〕履　〔七〕谷　〔八〕蟳

十九　○鐸 達各切說文〔一〕大鈴也軍法五人爲伍五伍爲兩兩〔二〕有司馬執鐸文二十二

度〔三〕厇 謀也古作厇　㤞𢖫㥶 忖也一曰企也或作𢖫㥶　剫 說文判也

爾雅木謂之剫　𨃧𧿧 跅足一曰作前作却或从厇〔三〕　𧩜 廣雅欺也　侂 他也　喥 言無度也

凙 冰結也楚辭〔四〕冬冰之洛澤　襗 說文絝也　頙 頙顱首骨　𦢊 肶〔五〕𦢊無檢也

鞸 廣雅〔六〕鞢鞸鞸也　檡 棘屬　澤 格澤星名一曰妖氣一曰澤索張掖縣〔七〕名

鐸 劒珥　蠌 爾雅蜎〔八〕蠌螺屬　轉 轉輅轉也　○託 闥各切說文寄也文四十

二　侂仛㡯 說文寄也謂依止也或作仛㡯　橐櫜〔九〕 說文囊也或从巾　[王乇]

玉名　沰 滑也　𣓌柝𤖟 說文判也引易重門擊𣓌或作柝𤖟　欜 說文夜行所擊

者引易重門擊欜 拓欜托手推物或作欜托 跅踊〔一〇〕距落無捡局或作踊 魄落魄無節 蘀説文艸木凡皮葉隕地爲蘀引詩十月隕蘀 籜竹皮 沰 褚也 袥説文衣衸 魠説文哆口魚也 馲駝驝馲駞畜名或作駝驝通作橐 飥⿰麥乇⿰食薄餺〔一一〕飥餅屬或作⿰麥乇⿰食薄 矺矺鼠木〔一二〕名一曰王棘 詫毀也 ⿱穴橐穿也 咤宅奠爵也書三祭三咤徐邈讀或省 舄大皃詩松桷有舄徐邈讀 斥〔一三〕揮斥放縱也〔一四〕司馬彪説 臬蘽説文木葉隊也或从艸 ⿰月石⿰月石膌畜水腸一曰腹 ⿰乇頁大腦皃 腟 ⿰衤乇開衣令大也 杔杔櫨木名 ○洛歷〔一五〕各切説文水出左馮翊歸德〔一六〕北夷中東南入渭古書作錄通作雒文六十一 濼水名在濟南 零説文雨零

〔一〇〕跅捡局踊

〔一一〕餺

〔一三〕斥

〔一四〕臬蘽

〔一五〕歷

〔一六〕彔

〔一八〕次

〔一九〕詤

〔二〇〕鬣

〔二一〕䧿

也 酪⿰乳各⿰孚各説文乳漿也或从乳亦省 落説文凡艸曰零木曰落一曰落居也一曰宮室始成祭之爲落亦姓漢有巴郡落下閎 咯詻訟言也或从言 笿説文桮笿也一曰束也 絡⿰素各説文絮也一曰麻未漚或从素 ⿰革各説文生革可以爲縷束也 袼博〔一八〕雅褔袼衣也 珞瓔珞頸飾 硌磊硌石皃 ⿱樂心⿰忄樂娛也或从心 ⿰言樂⿰言樂詤〔一九〕 狂言 ⿰目各説文眄也 挌擽擊也或从樂 躒動也 ⿰各刂⿰各斤剔也或从斤 鉻説文鬄也 烙燒也 㽉治病也 ⿰歹各殂殆死也通作落 轢陵轢 車所踐 ⿰車品車聲 駱⿰馬雒説文馬白色黑鬣〔二〇〕尾也亦姓或作⿰馬雒 馲驝橐馲駞畜名或作驝亦省通作駱 鴼鳥名説文鳥鴼也 ⿱樂鳥鳥名一曰鷹赤首曰⿱樂鳥 䧿〔二一〕

〔三二〕袤　〔三三〕㬥　〔三四〕或　〔三六〕枹　〔三七〕澤　〔三八〕翻　〔三九〕懦

雒鳥之白也或从隹　蛒蛒蟀鳴蟲　貉鼠名出〔三二〕胡地皮可爲裘　鮥魚名

鰿說文叔鮪也　鱳魚名　皪略白色或从各　櫟闕人名春秋傳晉有輔櫟通作〔三五〕

躒　爍㬥〔三三〕爍〔三四〕木枝葉缺落皃通作樂　格落籗籬格也或作落籗　霍

艸名爾雅〔三六〕枹霍首　轢頡釜也　雒鳥名說文鵋鶀也　洛冰謂之洛〔三七〕澤　峈

峈嶧山皃　路羅也漢書虎路謂以繩周繞之通作落　犖牛駁色　翎翎翻〔三八〕飛皃

輅王車　礫白石皃　○諾匿各切說文譍也文五　悎懦〔三九〕心然也古

作懦　絡縌絡蠻夷布名　毦氈屬極細可以禦雨　○博⿰革尃伯各切布也說文大

通也从十从尃尃布也又州名亦姓或作⿰革尃文四十四　簙說文局戲也六箸十二棊也古者烏

〔四〇〕曹　〔四一〕黼　〔四二〕薄　〔四三〕傅　〔四四〕膊

曹〔四〇〕作簙　簙蟄具　髆胉拍說文肩甲也或作胉拍　狛獸名似狼　⿰齒尃

⿰齒簙⿰口尃說文噍堅也或从簙亦作⿰口尃　餺⿰食薄⿺麥尃餺飥餅也或从薄亦作⿺麥尃　襮

⿰糸暴黼〔四一〕領謂之襮一曰表也或从糸　⿰衤尃衫短袂謂之⿰衤尃　搏說文索持也一曰至也一

曰拊　薄〔四二〕迫也　⿰革尃轉說文車下索也或从車　鎛說文鎛鱗也鐘上橫木上

金華也一曰田器引詩庤乃錢鎛　鑮鎛十二辰頭鈴鐘也或省　牔屋耑版

暴說文頸連也　爆熚火乾也一曰熱也或作熚　猼⿰豸尃獸名似人有翼一曰

地名信都有下〔四三〕傅縣或从豸　⿰羊尃吳羊犗曰⿰羊尃　⿰鼠尃⿰鼠尃鼠名　⿰髟尃髮也　蜅

蜅蟭蟲名螳蜋子也　欂榑椽也或省　膊〔四四〕界埒也太玄福則有膊禍則有形　溥

溥濼水皃 暿曙暴也或作曙 鸔鶏鳥名 犦牛名犎也 溥水名 𣀷

擊也○粕匹各切滏糟曰粕通作魄文三十八 膊膊說文薄脯膊之屋上或从薄

狛獸名說文如狼善驅羊 䪬䫚面大皃或从𩑶 魄落魄不得志皃一曰

肉顫 搏擊也 簙局戲六箸十二棊 䡈說文軶裹也 嚗聲也 䶈

𦥯說文齊謂春曰𦥯或作䶈 濼濼 濼陂澤或作濼亦省濼古國名 䶈

翲翺翮翺飛皃或从白从尃 鑮說文大鐘淳于之屬所以應鐘磬也堵以二金樂則

鼓鑮應之 雹說文雨濡革也 蒪𦱊蒪艸名博雅蒪且蘘荷也或作䒄亦省 蔢

博雅蔢蘀落也 蝴大蛤似蝪蝴 薄薄薄車也 礴旁礴混同也 蝳

[三五]濼 [三六]烏 [三七]帀 [三八]裹 [三九]嚗 [四〇]𦥯 [四一]䶈 [四二]二 [四四]蝴

蝳蟭蟷蜋夘 䏣膊胉胉也或从專亦作胉 轉博雅軒轉柳車也 䅊禾不

實 䨚大雨 㴙月始生三日 溥溥漠水皃 嚩嚩焦皃 ○泊白各

切止也一曰水皃文二十六 薄說文林薄也亦姓 簙簿蠶具或从搏 怕

憺怕靜也 䙏博雅襌也 箔簾也 䪙䪚䪛𩍒博雅鞈䪙謂之鞃或从車

亦作䪙䪚 鑮鈴也一曰大鐘 欂櫨也通作薄 礴旁礴混同也 踄說文

蹈也 䱬鱒魚名如鯉一曰或省 餺𩝹餅也或从麥 蒲蒲姑地名在齊 暴

日乾也周禮春暴練劉昌宗讀 魄聲也歐陽尚書火流于王屋爲鴉其聲魄一曰落魄志行衰惡

皃 彴彴約奔星 䶂鼠名 鉑金薄也 亳說文京兆杜陵亭一說湯都也

[四五]夘 [四六]轉 [四七]柳 [四八]䨚 [四九]襌 [五〇]鞋 [五一]鐘 [五二]欂 [五三]踄 [五四]日 [五五]烏 [五六]衰

【五七】乀
【五八】冥
【五九】問
【六一】宋

絳州垣縣西有景原亳並西接安邑蓋湯將至桀都於此誓衆故春秋傳有景亳之命杜預不釋景又曰亳今偃師非是○莫茻末各切無也定也亦姓古作茻文三十[五七]乀 幕說文帷在上曰幕覆食案亦曰幕又姓 漠磸說文北方流沙也或作磸漠一曰清也 塻塵也 霡雨兒 鄚說文涿郡縣 暯冥[五八]也 瞙眊目不明或从毛 膜說文肉問[五九]胲膜也 ⿰革莫鞊⿰革莫皮也 摸摸揉捫搎也 ⿰火莫火兒[六〇]或書作⿱艹熯 瘼說文病也 慔勉也 ⿱莫夊說文死宋[六一]⿱莫夊也或書作⿰歹莫 寞寂寞無聲也 ⿰莫力動也 嗼說文啾嗼也一曰定也 ⿱髟莫髻飾 鏌說文鏌釾也 ⿱竹莫⿱竹莫箹竹名 ⿸广莫定也空也 蟇蟇貊蟲名蟷蜋也通作莫 謨謀也漢書謨先聖之大繇顏師古讀 縸絡縸張羅兒 ⿰麥莫

【六二】木
【六四】履
【六五】鐵
【六六】乚
【六八】犀
【六九】迒
【七一】皐

⿰麥莫⿰麥延[illegible]皮也 ⿴囗莫見文 貉爾雅靜也○索昔各切說文艸有莖葉可作繩索从永[六二]糸杜林說一曰盡也法也一曰索索懼兒一曰縣名在張掖亦姓文十三 ⿰扌索摸也 溹水兒一曰水名在滎陽 ⿰革索[六三]廣雅⿰革索韥屐[六四]也 ⿱艹索艸名 ⿱宀索寂寞也 ⿺風索風聲 褬衣聲 榡木梢 ⿰禾索禾兒 鎍鐵[六五]繩也 ⿱竹索竹組也[六六] ⿰糸索大綯 ○錯⿰金⿱夂昔倉各切說文金涂也一曰雜也乖也鑢也亦姓古作⿰金⿱夂昔文十五 [六七]厝碏說文厲石也引詩他山之石可以爲厝或从石 ⿰立昔竦也 剒爾雅犀[六八]謂之剒 縒縒綜亂也 一曰鮮潔兒 逪說文迒[六九]逪也一曰僃[七〇]也 ⿰昔攵⿲彳昔攵皵也古作⿲彳昔攵 鯌魚名鼻[七一]前有骨如斧斤一說生子在腹朝出食暮還入 ⿱昔麻油麻一榨曰⿱昔麻 昔犄也周禮老牛之角

〔七二〕衛　〔七三〕作　〔七四〕䊢糲　〔七五〕鑿　〔七六〕烏聲　〔七九〕邛

紾而昔碏闕人名春秋傳衛〔七二〕有石碏䓎艸名○作胙作乍即各
切說文起也亦姓古作胙作亦省文十三䴾屑麥蒸之也迮倉猝也一曰起也論語三
臭而迮〔七三〕通作作䊢糳〔七四〕說文糲米一斛舂為九斗曰糳或省通作鑿鑿〔七五〕鮮明皃詩白石
鑿鑿柞木名牸山牛名䊢油麻一榨曰䊢喿〔七六〕喿○昨疾各切說
文累日也文三十二醋酢說文客酌主人也或作酢秨說文禾搖皃鑿鑿
說文穿木也或省砟石也鈼甑也梁人呼為鉹吳人呼為鈼柞說文木也筰
笮筰說文筊〔七七〕也一說西南夷尋以渡水〔七八〕鹽州有筰橋或作笮筰稓䣢〔七九〕鄉名在臨邛亦
姓或作䣢莋苲說文越嶲縣名或从乍葃葃菇艸名謍詈也諎酬言

〔八二〕慖　〔八三〕養　〔八四〕嵜　〔八五〕皁　〔八六〕以居　貁亢　〔八八〕塩　〔八九〕袤　〔九〇〕瀰　〔九一〕沍

也䌇䋏絢繒艸組或从〔八一〕乍帕博雅慖〔八二〕怩謂之帕怍㤰說文慙也或作
怎詐慙語飵說文楚人相謁食麥曰飵一曰餥〔八三〕飵食也牸牛名重千斤出華陰
山岝岝崿〔八四〕山高皃㴬水也阼東階賓主之所酬酢也胙祭餘肉
䎮地名亦姓○鶴鶮鸖鶴〔八五〕曷各切鳥名說文鳴九皋聲聞于天或作鶮鸖
鸖文二十七貈貁貉狢𧳏說文似狐〔八六〕善睡獸引論語狐貈之厚〔八七〕以居說文
从舟誤當〔八七〕从亢聲或作貉狢貘騅說文苑名一曰馬白額貈煎鹽〔八八〕也𪕮說文
鼠出胡地〔八九〕皮可作裘涸〔九〇〕沍〔九一〕說文渴也或作沍洛洛澤冰皃佫姓也矐
博雅望也秴禾屬似黍而小格格澤星名一曰妖氣自地屬天翯羽白皃通作曤

[九三] 䁨 [九四] 枹 [九五] 隺 [九六] 根 [九七] 廿 [九八] 「鄠」 厔 [一〇〇] 叡 [一〇一] 豰 [一〇三] 臭大 [一〇四] 糗

郝爾雅郝郝耕也矐䁨[九三]白也史記矐然白首或从隺霍藿州名爾雅枹[九四]霍首或从艸通作隺隺[九五]鳥飛高也挌振[九六]挌辜引也○䐑黑各切說文肉羹也文二十七鶮大鰕鄗說文常山縣世[九七]祖所即位今爲高邑郝說文右扶風鄠[九八]盩厔鄉亦姓蓋蠚蓋螫說文螫[九九]也或作蠚亦作蓋螫叡[一〇〇]壑說文溝也或从土豰[一〇一]豕聲滈久雨嗃說文嗃嗃嚴酷皃一曰聲也一曰悅樂謞謞謞崇讒慝也熇熾也曤矐失明也史記乃矐其目或作矐嗀㱿嘔吐皃或省酷虐也𨣧醋也[一〇三]熇火也歊顥也糷糗[一〇四]也藃木乾藃也一曰艸肥皃奭盛也嚛[一〇五]食辛也○愙恪克各切說文敬也引春秋傳以陳備

[一〇六] 夂久 [一〇七] 庋 [一〇八] 亦 [一〇九] 牆 [一一〇] 路 [一一一] 渡 中 子

三愙或作恪亦書作忩又姓文四[一〇六]笿籠也絡絜也一曰生絲○各剛鶴切說文異辭也从口夂夂者有行而止之不相聽[一〇八]也文十閣說文所以止扉[一〇七]也一曰觀也一曰庋藏之所亦姓胳說文腋下也袼袖也一曰衣腋縫格樹枝[一〇九]一曰繩束墻版詩曰約之格格骼牲後脛骨通作胳路[一一〇]闕人名漢有張路茖艸也咯雉聲鮥魚名如鱣喙長三尺利齒虎鹿度[一一一]河擊之斷卵如鴨○惡悪僫遏鄂切說文過也隸作悪或从人文十一𩸱魚名如蛇或書作䱶噁噁噁鳥聲堊說文白涂也蝁蟲[一一二]屬說文䖸也鋈白金啞笑聲𧭗誈諠也或省○咢咢逆各切說文譁訟也一曰徒擊鼓隸作咢文四十六噩𩁹太歲在酉曰作噩籀作𩁹通作咢鄂

〔一二四〕顑　〔一二五〕圻　〔一二七〕蚚易　〔一二九〕鑩

覨久視也　齶咢腭齒齗或作咢腭　咢口中上咢也　諤讍諤諤直言或作讍　顎顭𩑛顎恭嚴也或作顭𩑛顎〔一二四〕　遻㦍遌愕說文相遇驚也或从心隸作遌愕　鄂鄂說文江夏縣名〔一二五〕亦姓或作鄂　隭阜皃　崿嶭崖也或从噩　堮墿埒圻也或作墿埒　偔多也　碍礒碍石危皃　萼蘁華跗或从噩通作鄂　㮙穽也　鑩〔一二九〕也　㓵𠛩鍔說文刀劒刃也籀作㓵或从金　鶚䳂鸅鵰屬或从隹从屰　蚅蝉鰐鱷魚名說文似蜥〔一二七〕蜴長一丈水潛吞人即〔一二八〕浮出日南或作蝉鰐鱷　㵚水名　箹竹名　櫮華盛皃

○穫䅭劐黄郭切說文刈穀也或从耒从刀文二十　鑊說文鑴〔一三〇〕也

〔一二〇〕篧　〔一二一〕无　〔一二二〕叡　〔一二三〕阬　〔一二四〕霰　〔一二六〕減

籗篧〔一二〇〕取魚竹器或作篧　㢓廓廣空遠皃　濩說文雨流霤下皃一曰濩渃大水一曰蠖濩宮室深邃一曰汙也一曰湯樂名春秋傳見舞大濩者徐邈讀　䨼嚄食無味或从口　𢤻驚也憂也　檴檴落木名可為杯器素郭璞說　𤺧瘑癁物在喉　獲爾雅隕獲困迫失志皃通作穫　瓠瓠落廓落也莊子瓠落无〔一二一〕所容梁簡文帝讀　壑叡〔一二二〕壑阬〔一二三〕虛也郭璞讀或省　擭捕獸機檻　䨼霰〔一二四〕䨼大雨也　爅熱〔一二五〕也

○霍忽郭切山名在荊州一曰國名一曰大山遶小山曰霍一曰揮霍猝遽也亦姓〔一二六〕文二十三　靃說文飛聲也雨而雙飛者其聲靃然　霩雲消謂之霩　漷汱〔一二六〕漷水勢相激皃　矐暫明也　瀖灌也　𢤱恐懼皃　𦗶矐駭視也或从霍　藿藿艸名說文尗之少也

〔一二七〕頟

〔一三〇〕䩩

〔一三一〕𩫏

或省　彉𢏵 張弩也或作彍通作擴　攉搉 手反覆也或从雈　劐 裂也　癨 病亂也　臛 肉羹　矱 恢廓皃　擴 張大也　霍 鳥飛高也　騅 馬白頟〔一二七〕　濩 濩濩水皃　○廓郭𩍐 闊鑊切開也虛也古作𩍐文十八　𡺿 廓𡺿谷深　霩 說文雨止雲罷皃　鞹鞟 說文去毛皮也引論語虎豹之鞹〔一二八〕或省　彍 說文弩滿也或作彍　劆劘 博雅解也或作劘　籗篧篧 罩也或省亦作篧　擴〔一二九〕擲 張大也或从郭　嘟 叩聲　漷 說文水在魯　○郭䩩〔一三〇〕 光鑊切說文齊之郭氏虛善善不能進惡惡不能退是以亡國也一曰張也古作䩩文二十八　𩫏〔一三一〕 說文度也民所度居也從回象城𩫏之重兩亭相對也或作墎𢉢　墎𢉢　椁槨𥗞

〔一三二〕端

〔一三三〕隸

〔一三四〕聯䁠　〔一三五〕灌　〔一三六〕爟

〔一三七〕中

〔一三八〕駝

〔一四〇〕犍　〔一四一〕騅

說文𩫏有木𩫏也或作槨亦从石蓋古或用石　𩫓埻 國名山海經𩫓端國〔一三二〕在流沙中〔一三三〕或作埻　彍𢏵 弩滿也或作彍通作擴　矌䁨 目張皃或作䁨　櫎 長也通作隫　崞 崞𨻰 說文山在鴈門隸作崞或作𨻰　鶉 鶉公鳥名　漷 水名在魯　擴〔一三六〕擲 張大也孟子擴而充之或从郭　𦗡〔一三四〕𦗻 大耳或从廣　嘟 噓也　潅〔一三五〕 灌也　爟 灼也　滈 久雨也　○臒 屋郭切說文善丹也引周書惟其敷丹臒文十二　韄 度也　蠖 說文〔一三七〕尺蠖屈伸蟲也　鸌 水鳥　嬳𡣞 作姿態也或从矍〔一三八〕　𩞄嚄 無味也伊尹曰甘而不餶肥而不𩞄或从口　噁 鳥聲　馲 馲駝〔一三八〕畜名　鶩 鳥名　𨭆〔一三九〕 白金　○玃 五郭切玉璞文三　犍〔一四〇〕 牛白皃　騅〔一四一〕 馬名　○沰 當各切滴

〔二〕蓦
〔三〕祴
〔四〕屎
〔五〕綸者，韋縮
〔六〕宋
〔七〕宋

池文二矺磓也○硑盧穫切䃶硑石聲文一○嘿祖郭切嘿嘿鳴聲文一
二十○陌莫白切阡陌田間道南北曰阡東西曰陌文二十七佰說文相什佰也
帞絔博雅𢄙暑謂之帹帞或作絔〔二〕蓦靜也莫德正應和曰莫鄭康成說袹廣雅
〔三〕襴襠謂之袹腹拍拍擊也或从白鉑鉑刀兵器〔四〕屎說文履也青絲頭履趏
越也洦洒淺水或从陌貉貊說文北方豸種也孔子曰貉之為言惡也一曰靜也
定也一曰縮綸也即綸〔五〕繩也謂韋縛貉之郭璞說或从百駱狛獸名說文駃騠一說似騾而小
或作狛貘獸名說文似熊而黃黑色出蜀中驀說文上馬也蓦說文〔六〕宋也蓦
死〔七〕宋蓦也从歹蛨蚝蛨蟲名螌蝑也嗼博雅安也嵮漠漠嗼帕密皃

〔八〕正
〔九〕任
〔一〇〕䨜
〔一一〕息
〔一二〕閈月
〔一三〕罽
〔一四〕椆
〔一五〕甗瓸

或从水亦作漠○拍拍四陌切說文拊也或从白文二十一𤗪破物也敀
說文迮也引周書常敀常〔九〕任皛明也毚毚〔一〇〕疾皃或从三兔怕說文無為也古
書作息〔一一〕通作泊魄說文陰神也霸〔一二〕𩃬芇月始生古作𩃬芇珀琥珀
出罽〔一三〕賓國通作魄洦說文淺水也岶泊湐嗼岶密皃或作泊湐皕
白色胉膂也粕糟也𧺆逼也○百百博陌切說文十十也从一白數
十百為一貫相章也亦姓古从自文十七伯白說文長也一曰爵名亦姓古省迫說文
近也通作敀苩苩藍艸名柏栢木名說文揀〔一四〕也或从百洦湘淺水皃或
从柏瓸〔一五〕甗瓸甓也胉膂也禡師祭也禮禡於所征之地敀說文迮也欂

〔一六〕鵃　〔一七〕砓　〔一八〕竪　〔二〇〕也　〔二一〕迳

壁柱佰百人之長擈擊聲○白阜帕薄陌切說文西方色也陰用事物色

白从入合二二陰數一曰告也亦姓古作阜或作帕文十五帛說文繒也帓獸名似狼

或書作狛苩姓也百濟有苩氏萛艸名象帛通作帛笝竹名皮白舶

艊蠻夷汎海舟曰船或从帛鮊說文魚名廣雅鮹也鵖字林鵖郁鳥名似鸐

出懸雍山欂枅也瓬瓦屋不泥也柏木名○磔陟格切說文辜也通

作砓文二十二仛从所竪竝矺磓也搩⿱桀手手度物或作⿱桀手厇張也吒

嘲也乇說文艸葉从垂穗上貫一下有根象形杔杔櫨瀘酒具一曰柱上枅舴

舴艋小舟⿸广乇張設屋也一曰縣名在濟陰蠂虴⿰虫宅土蠂蟲名似蝗而小或作虴⿰虫宅

〔二二〕粍　〔二四〕汁　〔二五〕完　〔二六〕擇　〔二七〕韄　〔二八〕翟

芼藥艸頊頊顱髑髏也粍粍屑米為飲一曰粘也馲駝秅

秅馲駝獸名驢父牛母或作駝秅秅諎大聲○坼拆斥坼拆

宅恥格切說文裂也引詩不坼不疈或从手亦作斥坼拆宅文十五⿰片斥⿰片帝開也或从

㡿皵皴也趚⿺走帝跬步也一曰距也或作〔二三〕⿺走帝頙頊骨靳韄靳刀靶中韋

⿰食蒦〔二四〕淰無味⿰骨昜〔二五〕骨間汁○宅⿱宀仛⿸广乇度直格切說文所託也古作

⿱宀仛⿸广乇或作度文二十四澤臭說文光潤也古作臭⿰忄宅懲也懌〔二九〕⿱睪廾說文東選

也或从廾⿰韋睪⿰韋睪韄刀〔二七〕靶韋也襗袴也檡木名棘也⿱艹澤蘀⿱艹澤蔦藥艸或作

蘀礋神異經西方有獸長短如人羊頭猴尾名礋硳健行翟〔三〇〕雉名一曰陽在縣名亦姓

〔二九〕相╲　〔三〇〕沍　〔三一〕蛭

鸅鸅鵅鳥名錦文也鸅䨂鳥名鶂鶂也或从隹通作澤蠌水蟲爾雅蛸蠌

小者螃螺類也蘀葛屬⿰羽睪翱翻飛皃乇屮皃檡樹枝直上皃○蹃

昵格切踐也文九⿰米弱粉餌𡏳〔二九〕水土和也搦⿰弱攴說文按也或从攴嫋

長皃眲輕視也列子見商丘開衣冠不檢莫不眲之一曰耳目不相信榒木名⿰角弱

角似雞距○垎轄格切說文水乾也一曰堅也文十三胳腋也洛沍〔三〇〕東堅

也或作沍⿺走各廣雅⿺走各𧾋僵也格捍格不入也⿰木客椸架也⿰車客輅車前

橫木或作⿰車客涸水竭佫方言登也⿰木卻〔三二〕角械木也一曰木名一曰案足蛒

蛭〔三一〕蛒蟲名地蠶也○赫爀烾焃郝格切說文火赤皃或从火亦作烾焃赫一曰

〔三三〕讗　〔三四〕閲　〔三五〕⿰忄閱　〔三六〕壡　〔三七〕⿰氵閣　⿰氵閣沐　〔三八〕翻　〔三九〕喀　〔四〇〕䓇　〔四一〕鉤

明也文十九赩赤赩〔三四〕嚇赫䞓怒也或作赫〔三五〕䞓通作赫䁥目赤讗〔三三〕

說文言壯皃一曰數相怒閲恨也〔三四〕懼也⿰忄閱⿰忄閱⿰忄虎赤紙⿰赤見見也爗燒也〔三六〕壡〔三六〕

虛也⿰忄閣楚人謂憨曰⿰忄閣⿰忄虎⿰氵閣〔三七〕⿰氵閣沐惶遽也捇掘土謂之捇翻翺翻

疾飛也○客乞格切說文寄也文六〔三八〕⿰血客喀嘔也國語伏弢⿰血客〔三九〕血或从口⿰扌客

搦也硌石堅䓇䓇䓇〔四〇〕懼也○格各額切說文木長皃一曰式也正也文二十四

⿹戈各⿰各斤捕也鬭也或从斤佫佫假徦路至也或作佫假假路通作格

挌⿰各殳說文擊也或作⿰各殳骼說文禽獸之骨曰骼胳牲後脛骨觡〔四二〕說文

骨角之名也一說鹿角無枝曰角有枝曰觡鉻鉤〔四一〕也一曰鬄也挌說文枝挌也一曰木

〔四三〕路　〔四六〕也　〔四七〕額頟
〔四九〕鰅　〔五〇〕鄂　〔五一〕鞨

枝橫者　茖說文艸也一曰山葱　格耕也　𪎸麥碎〔四四〕曰𪎸　鴼鴼鴼鳥名〔四四〕鵅鴼
也　鮥鮥魚名或省　蛒蟲名方言蛄詣謂之杜蛒一曰蛭蛒地蠶一曰蝤蠐　路〔四五〕
閼人名漢有張路　柳角械木　○啞⿰言亞乙格切說文笑也引易笑言啞啞或从言
文四　餩飢也　韄佩刀絲也〔四八〕　○額頟鄂格切說文顙也或作頟文十一　詻
說文論訟也傳曰詻詻孔子容〔五〇〕　峉嶺山高大皃楚辭山皐峉峉或从頟　⿰石逆⿰石屰礋碓
西方獸名或省　⿰魚契鰅⿰魚契魚名皮有文　鄂〔五二〕柞鄂取獸阱中木　⿰革客〔五三〕補履謂之⿰革客
擊皃　○獲〔五三〕胡陌切說文獵所獲也一曰獸名亦姓文十一　讗⿰口巂讗讗誇也
一曰言壯皃一曰數相怒或作⿰口巂　⿰蒦欠吐聲　韄說文佩刀絲也　嚄大呼也一曰嚄

集韻校本

〔五四〕見　〔五六〕砉
〔六一〕社　〔六二〕匕
〔六三〕村

眥多言　穫收禾也　彠〔五五〕蒦博雅度也或省　鱯魚名大鮎也　濩濩澤
縣名在澤州　○謋諕霍虢切謋然速也或作諕文二十　⿰忄砉〔五七〕心驚皃　⿰火砉
焃〔五八〕火光或作焃　砉〔五九〕皮骨相離聲或書作砕　騞解牛聲莊子奏刀騞然　⿰霍羽
⿰隺羽翽⿰霍羽飛疾皃或从隺　湱瀄湱大波相激聲　漷郭水名在魯或省　捇〔六〇〕
⿰扌赫說文裂也或从赫　⿵門砉〔六一〕開也　⿰砉刂〔六二〕破聲　⿺風砉〔六三〕風熱皃　湱⿰氵虢水聲或从
虢　讗說文言壯皃一曰數相怒　○劆劐廓擭切解也裂也或作劃文四　漷
水名在魯　⿰虫郭〔六五〕名天神也　○虢郭擭切說文虎所攫〔六六〕畫明文也亦姓文十〔六七〕　⿰氵虢
說文水裂去也　⿰言虢⿰言虢⿰言虢多言　⿰扌虢⿰虎攴打也或作⿰虎攴　漷水名在魯　墎埻〔六八〕

〔六五〕閈
〔六七〕尋　彠
〔六八〕新
〔六九〕从
〔七一〕維
〔七三〕索

壇端國名隷作埻　唬虎聲　瞁〔六六〕目皃神異經八荒有毛人見人則瞁目開口　郭國名春秋傳攻郭則虞救之通作虢　○擭屋虢切說文擊擭也一曰布擭也一曰握也文十四　蒦彠〔六七〕州名說文規蒦商也一曰度也或从尋　矆視遽皃通作蒦　嚄驚怛聲　韄韄韄新〔六八〕靶中韋或从革　濩濩澤縣名在河東　[山蒦]陂名一曰村名在吳王舊城側　攫取也　戄吐聲　[食蒦]食無味　[角蒦][角鬲]角似雞〔七一〕距或从鬲　○碧筆戟切石之青美者文二　狛獸名　○簙薄欂弼碧切說文壁柱也或作薄欂文三　○索〔七三〕色窄切博雅取也一曰求也通作捸文二十一　捸擇也　傃倘傃惡也　溹〔七二〕雨皃一曰水名在滎陽一曰水出聞喜縣　[疒索]脉動也　[禾索]禾穗　[走索]

〔七五〕堅
〔七六〕硋
〔七八〕搜
〔八一〕峉
〔八二〕瓦上
〔八三〕遙
〔八四〕攤
〔八六〕鵯鴿

趚趚僵也　[髟索]髮堅〔七五〕皃　[米索]煑米爲[米索]　硋陔〔七六〕說文碎石隕聲或从阜　索說文〔七七〕入家搜也　[艸索]艸名　[雨新][雨索]〔七九〕雨也或从索　[風索]風聲　[衣索][衣索]衣聲　榡　棟木枝上生　鎍鐵或从束　[竹索]竹　○柞助伯切柞鄂〔八〇〕捕獸檻中機也文二　唶唶唶聲也　○踖測窄切破豆也文三　簎杈刺取魚鼈也　矠說文子屬　○迮側格切說文迮迮起也一曰迫也文二十一　窄狹也　岝岝〔八一〕峉山皃　迮姓也　笮筰筰說文迫也在瓦〔八二〕之下棼止一曰矢箙皮曰箙竹曰笮一曰遙〔八三〕也亦姓或作筰迮　浩說文所以攤〔八四〕水也引漢律及其門首洒浩　蚱蚱蜢蟬屬　舴舴艋舟名　唶聲也春秋〔八五〕傳行唶唶　蚝蚝蛄蟲名蚇蠖也　鴾鳥名博雅鴾〔八六〕鴿

[八九]間 作 [九〇]郤

[九一]小泉 [九二]御

⿰馬巴也 措 追捕也漢書迫措青徐盜賊 咋[八六] 大聲 柞 除州曰芟除木曰柞 飵 餾也 苲 州也 ⿱雨乍 雨皃 齰齚 說文齧也或从乍 ○ 齰齚 實窄切齧也或从乍通作咋文十四 ⿰山昔 嶚⿰山昔山形 咋 呋咋多聲 泎灂 瀺泎水落皃或作灂 岝 岝峉山峻皃 諎 大聲 舴 舴艋小舟 柞 除木曰柞 蚱 蟬屬 笮 笵也 簎 說文刺也引周禮簎魚鼈通作猎 猎[八八] 矛屬 ○ 虩 迄逆切恐懼也說文引易履虎尾虩虩一曰蟲名蠅虎也文二 謋 疾意莊子謋然已解徐邈讀 ○ 隙⿰谷泉 ⿰谷泉⿰阝谷 [八九]逆切說文壁際孔也一曰閒也或从⿰谷泉⿰谷泉⿰阝谷文十六 郤[九〇]郄 地名晉大夫叔虎邑亦姓或作郄 迟[九一] 說文曲行也 𡭴 說文際見之白也从白上下小見 ⿰彳卻[九二]

[九五]⿰忄卻

[九六]誇 [九七]輚 [九八]拘

[九九]丸 [一〇〇]髭

[一〇一]矍

[一〇二]笑 [一〇三]俗 [一〇四]屐

[一〇五]輗兔 [一〇六]跂

廣雅券[九四]御極也 ⿰忄卻[九五] 疲也 ⿰口卻 大笑 綌⿰糹卻⿰忄谷 說文麤葛也或作⿰糹卻亦从巾 覤 覤覤驚懼皃 ⿷匚只 物曲也一曰曲受也 ○ 嗃 雩[九六]白切嗃嗃吟也文[九八]一 ○ 戟𢧢[九七] 訖逆切說文有枝兵也引周禮戟長丈六尺或作𢧢文十四 撠 拘持也 丮 丸[九九] 說文持也象手有所丮據也隸作丸 ⿰口丮⿰口戟 聲也或从戟 ⿱髟戟 ⿱髟乇[一〇〇]皃 ⿰忄卻 疲也 谻 相踦也 ⿰犭丮犱 獸名窮玃[一〇一]也或作犱 ⿱艹戟 大戟巴戟皆藥州 躆 手據地也太玄躆戰喈喈一曰動作也 ○ 劇 竭戟切增也一曰艱也一曰縣名在北海文十一 噱 嗢噱笑[一〇二]不出 ⿰彳谻⿰彳卻俗[一〇三]⿰忄卻谻 方言倦也或作⿰彳卻俗⿰忄卻谻 屐[一〇四] 說文屩也 ⿰車𠬝[一〇五] 車軸伏兔 ⿰木卻 說文角械也一曰木下白 跂[一〇六] 足也莊子闉跂支離 ○ 逆

[一]麥種⿰麥里文　[三]霢　[四]之　[五]眿　[六]相　[七]䁀　[八]⿰麥鳥⿰麥隹　[九]苐　[十]枸　[十一]⿱眽鳥

佗戟切說文迎也關東曰逆關西曰迎一曰卻也亂也文五　屰[一]　說文不順也从干下屮屰之也　啼　嘔也　縌⿰糸芇　說文綬維也或省　○礐[二]　離宅切石聲文一

二十一　○麥[三]　莫獲切說文芒穀秋種厚薶故謂之麥麥金也金王而生火王而死从來有穗者从夕亦姓俗作麦非是文十八　䮮　驕䮮騾屬　霢霡⿱雨麥　說文霢霂小雨也或作霡⿱雨麥　衇[四]脈脉　說文血理分衺行體者或从肉亦作脉　眽[五]眿　說文目財視也或作脉　覛　相視也或書作眽[七]　⿰麥鳥[八]⿰麥隹　鳥名或从隹　騞　解牛聲莊子奏刀騞然　覓　覓髳第[九]離也艸木叢生皃　篔　方言車枸[十]簍謂之篔　⿱眽鳥[十一]　鳥驚視　派　泉潛通　○薜　博厄切艸名山蘄也一名當歸文十六　⿱辟水　水分流　檗蘗

[十三]薜　[十四]擗　[十五]鸊　[十六]鳧　[十七]絲　[十八]欑　[十九]飯生　[二十]劈　[二十一]櫨　[二十二]爾

說文黃[十三]木也或从薜　糪　說文炊米者謂之糪　擘　說文撝也一曰大指或書作擗　擗[十四]　豆中小硬者　辟　禮屬爲辟雞一曰冠裳辟積　僻　摘僻多禮節皃通作辟　甓　爾雅瓴甋謂之甓　繴⿱罒辟　捕鳥罔或作[十五]⿱罒辟　⿰扌𠂢　博雅裂也　鸊[十六]　鳥名方言野鳧其小好沒水中者南楚謂之鸊鷉　⿰糸辟　織絲[十七]帶也　⿰畐區　礫牲也[十八]　○掩　匹麥切掩摝中聲文八　⿰金𠂢　梁益謂裁木爲器曰⿰金𠂢　糪⿰米贊[十九]　米飯半腥半熟曰糪或作⿰米贊　⿰片𠂢　劈　分也[二十]或作劈　繴⿱罒辟　鳥罔或作⿱罒辟　○繴⿱罒辟　薄革切說文繴謂之罿罿謂之罬罬謂之罦捕鳥覆車也或作⿱罒辟文六　⿰糸辟　織絲爲帶謂之⿰糸辟　欂薄欂　欂[二十一]櫨壁柱或作薄欂　○棟榡　色責切木名中車輞爾[二十二]雅赤棟白棟或作榡文二十　摵[二十三]　隕落

〔二四〕𢠵　〔二五〕䖹　〔二七〕⿱雨冊
〔二八〕瘆
〔二九〕精粷壞米　〔三〇〕粣
〔三一〕蓍　〔三二〕冊冊笧
〔三三〕也
〔三五〕淨
〔三六〕莿　〔三八〕⿱竹敕
〔三七〕鐵

謂之擷　擯鷸擯捕鳥也　𢠵〔二四〕䖹〔二五〕覤驚懼謂之𢠵或作䖹覤　𩏂〔二六〕堅也　⿱雨冊〔二七〕霰也　涑⿱雨束⿰氵策說文小雨零皃或作⿱雨束⿰氵策　⿰氵昔所以攤水也　⿸疒束瘷⿸疒桼⿸疒束〔二八〕寒病或从敕　捒擇也　⿰米束粷糒〔二九〕壞也　⿰金策槍也　粣〔三〇〕糝也　⿱艹敕以穀飼馬○

策筞莿測革切說文馬箠也一曰謀也一曰箸〔三一〕也一曰小箕曰筞或作筴䇲文三十一　冊〔三二〕笧說文符命也諸侯進受於王〔三三〕象其札一長一短中有二編之形或作𠕋古作笧通作策筴　𠕋說文告也　敇𢽾說文擊馬也或〔三四〕作敇通作策　憡悚博雅痛也或省　⿰忄責耿介也　皟淨〔三五〕也　嫧⿰女賫博雅好也齊也或作⿰女賫　茦說文莿〔三六〕也　⿰正責正也　⿰金冊鐵〔三七〕器　⿰齒責齰幘齒相值或从昔亦作幘　柵說文編樹木也　⿱竹敕〔三八〕

〔四〇〕刺
〔四二〕粣
〔四三〕捒
〔四四〕責
〔四七〕牀
〔四八〕淨　〔五〇〕賾
〔五一〕穎

摵博雅擊也或作摵　措簎刺取也國語簎魚鼈或作籍置坐中　⿱艹敕說文〔四〇〕以穀萎馬　粣〔四一〕粽也南齊虞悰作扁米粣　⿰米束糒𥻦壞米　⿰扌策捒〔四二〕扶也或省○賫

責側革切說文求也隸作責文二十一　嘖嘖嘖鳴也　謮怒也〔四三〕讓也通作嘖　瞔張目　諎〔四四〕唶說文大聲也或作唶　⿰責頁頭不正　嫧說〔四五〕文齊也一曰善也　幘〔四六〕說文髮有巾曰幘一說古賤服漢元帝項有壯髮故服之王莽禿又加巾　簀樍說文休〔四七〕棧也或从

膭魚子脯也　債負財也　蟦小貝　鰿小魚〔四九〕　憒博雅情也　皟淨〔四八〕也　⿱雨責雨皃　樍木名檉也　積矛屬○賾嘖士革切幽深〔五〇〕難見也孔穎達說或作嘖通作嘖文十五　嘖謮說文大呼也或从言　⿰耒責博雅穡積種〔五一〕也一說種麥

〔五三〕晳 〔五四〕欱 〔五五〕笑

〔五六〕从

〔五八〕樽

〔六〇〕豎

〔六二〕楣

中蓋畬田 蓨菜名 齰說文齒相值也一曰齧也引春秋傳晳〔五三〕齰 歖〔五四〕欱歖語笑〔五五〕聲 趚䟄遺〔五六〕䞍皃或从辵 謫方言怒也謂相責怒 積白米也 鯖小魚 蟦小貝 ○摵率摑切拂也文三 㓹寒皃 槭木枝空皃 ○𢺞簎摑切裂聲文一 ○趚䞍查畫切急走也或从責文二 ○摘擿陟革切取也或从適文二十八〔五七〕 謫讁適說文罰也或作讁亦省 嫡〔五八〕嫷也 䵂糖 博雅博也黏也或从米 持榯〔五九〕檍樀樀說文槌也或作榯檍樀樀 窩兔窟 ⿰犭昜說文犬張耳皃 ⿰啇鳥雉屬 聙聑耳豎皃或从二耳 䁤目豎 䴝博雅䴝〔六一〕麴麋粭也 厝石名 ⿰馬啇駿騾屬 膪挑取骨間肉 ⿰亻啇無憚也 硩

〔六四〕破

〔六六〕嬾䭘 〔六七〕西

〔六八〕也

取山厓上珊瑚謂之硩 ⿰食啇日月⿰食啇蝕 ⿰骨易骨間汁 韇〔六三〕柔革 ○礭力摘切礭〔六三〕釋田器文五 砳礐石聲或作礐 虩恐懼皃 ⿰斤皮〔六四〕姓也出東平 ○〔六五〕疒疔尼厄切說文倚也人有疾病象倚箸之形籀作疔文四 䎣耳目不相信 䭘說文楚謂小兒嬾〔六六〕䭘一曰餅屬 ○覈覈礉下革切說文實也考事西〔六七〕笮邀遮其辭得實曰覈或从雨从石文二十一 𥽯穀糠不破者通作覈 滆湖名在陽羨〔六八〕 ⿰石鬲說文石地〔六九〕惡也 翮䎎說文羽莖也羽本謂之翮或作䎎 ⿰革羽翍也 核槅果中核或作槅 ⿰革鬲博雅補也 椵〔七〇〕燒麥柃椵也 ⿰弓鬲東弓弩衣 蒚〔七一〕西方名蒲中莖爲蒚 繳襒衣領中骨或从衣 覡男巫 ⿰糹亥拘束也莊子方且爲物⿰糹亥徐邈讀 ⿰糹覈

〔七四〕⿰鬲裘　〔七七〕臼　〔七八〕⿱罒鳥　〔七九〕⿰虎毄

衣領内謂之纓鷊鶂鷊〔七二〕鳥名○礊〔七三〕克革切說文堅也文十一⿰鬲裘〔七四〕⿰衤鬲說文裘裏

也一曰薄也或从衣緙緯也紩也諽愅飾也謹也或从心⿰忄亟博雅愛也一曰

疾也硞礐硞水激石不平皃罊器空盡⿱毄虎虎聲⿱毄言聲也○隔

各核切說文障也通作鬲文二十七⿱竹鬲⿱竹槅〔七五〕竹障或从木膈⿰月革肓也或从革諽

愅說文飾也一曰謹也更也或从心⿰忄鬲智也通作諽䨣雨也革⿱廿革〔七六〕

說文獸皮治去其毛革更之象古文革之形古从三十三十年為一世而道更也臼〔七七〕聲搹把也

⿰革赫博雅鞫〔七八〕⿰革赫勒也翮說文翅也⿰毄虎〔七九〕說文虎聲也⿰魚鬲〔八〇〕魚名鬲縣名

在平原一曰鼎屬亦姓⿰言鬲博雅慧也槅說文大車枙⿰石鬲地多石⿰口革

集韻入聲十

〔八一〕戹厄　〔八二〕⿰豕犾豕　〔八三〕五　〔八四〕欣　〔八五〕鳥　〔八六〕脚高从

集韻入聲十

嗝嗶嗝鳥鳴也或作嗝⿰目鬲目不正⿰革鬲補也⿰弓鬲東弓弩衣滆湖名

在陽羨⿰扌革吹治也○戹〔八一〕厄乙革切說文隘也或作厄文二十八阸阨

說文塞也或作阸⿰食戹⿰食厄說文飢也或作⿰食厄⿰石戹⿰戹見善驚也一曰視皃或作⿰戹見搤

說文捉也搹⿰扌戹扼說文把也或作⿰扌戹扼⿰車戹鬲枙說文轅前也或作鬲枙豟

⿰犭戹⿰豕犾〔八二〕爾雅豕絕有力者或从犬古作⿰豕犾⿰鼠益⿰豸益⿰豕益說文鼠屬或从豸亦作⿰豕益蚅

蟲名爾雅蚅烏蠋似蠶砈砥砈〔八三〕土名嗌咽喉也⿰戹攴〔八四〕⿰戹攴歎笑語⿰言戹⿰戹欠

聲也或从欠呝說文喔也謂鳥聲一曰逆氣一曰小兒啼○⿱艹鷊逆革切小艸〔八七〕也有雜

色似綬一曰鳥名文八鳽雃鳥名〔八五〕爾雅鳽鵁鶄似鳧〔八六〕高足毛冠或从隹⿰革鬲履首謂之

〔八八〕鵖　〔八九〕畫畫 肃田畫　〔九〇〕叫　〔九一〕雀　〔九二〕乖刺　〔九三〕目　〔九四〕堅

輻彌東弓弩衣鵙〔八八〕鳥名娾好皃㞕碣㞕石地〇畫〔八九〕畫劃胡麥切說文界也象田四界聿所以畫之古作畫劃隸〔八九〕省文十四劃劐裂也或从蒦嫿好皃嚍咟嚍嘖叫〔九〇〕呼也或从百繣徽也一曰結礙也澅水名在齊漢有澅清侯國砉砉然皮骨相離聲雀〔九一〕課說㦎乖刺也[扌畫]擗也〇㦎怱麥切博雅敎㦎乖〔九二〕刺也文二十一嫿說文靜好也㦎裂帛聲[目畫]日〔九三〕病繣徽也劃劐[或刂]說文錐刀曰劃或作劐[或刂][門畫]開也掝[扌畫]博雅裂也或从畫[或欠]吹氣也通作[口或]膕並足也[辛畫]味辛也[羽或][霍羽][霍羽][羽或]飛也或作[霍羽][殸口]鞭〔九五〕聲窢窢然逆〔九四〕風聲[口或]聲也[疒或]頭痛皃[氵閾]流也〇聝

〔九六〕我　〔九七〕脚　〔九八〕挻　〔九九〕裸　〔一〇〇〕獲　〔一〇一〕厄　〔一〇二〕說

馘我〔九六〕古獲切說文軍戰斷耳也引春秋傳以爲俘聝或从首亦作我文二十五[虍或][虍或][虍歷]鼓聲漍水也幗[竹國]婦人喪冠也或从竹膕[骨國]博雅膕胐曲脚〔九七〕也或从骨讗誇也一曰壯言摑批也[忄國]悖也嘓[口或]嘓嘓語煩或从或[扌戠]挻〔九八〕也[血或]犬血[石或]擊石[風或][風赤][風或]赤氣熱風之恠也[身國]〔九九〕[身國][身歷]倮也蟈蜮螻蟈蟲名蛙也或作蜮[金國]鐵器[目介]目皃擴張也[竹侯]車弓〇劐口獲〔一〇〇〕切博雅裂也文二[石國]石硬聲〇[走蒦]求獲切[走隹][走蒦]足長足文二闃靜也〇逷湯革切爾雅遐逷遠也郭璞讀文二擿博雅播也〇[疒商]丑厄〔一〇一〕切[疒商]瘯寒病文四[米商][米商][米束]壞米[目商][目商][目睪]目明皃[骨易]骨間汁〇蹢治革切蹢躅不行也徐邈讀〔一〇二〕文

〔〇三〕驚　〔〇五〕搏　〔二〕乾　〔三〕磧　〔四〕棤皵　〔五〕蜥

十二　適 適適驚視自失皃　謫讁 博雅責也或从適通作適　窩 窟也　潪 土得水也或省　糒 博雅搏也　麱 麥屑　擿 投也　餹 日月餹蝕　䯊 骨間汁

○籍 倉格切刺取魚鼈也文一

二十二

○㫺昔䐼腊 思積切說文乾肉也从殘肉日以晞之隸作昔籀从肉或作腊昔一曰古也亦姓文三十三　𣳚 博雅隁也　焟晴 博雅曝也或从日　皵 皴也　惜 說文痛也一曰貪也　鬄鬆 說文髮也或从也　䯊 胯間　舄鵲　鞳 履也或作鞨鞳　㯴 木履　碏 博雅碏碣磌磧也　蕮藹 馬舄艸名車前也或作蕮　棤 爾雅棤散木皮甲錯也謝嶠說　蜥 蟲名以蝗爾雅螌螽蟆蚱孫炎讀　醳

〔六〕昔　〔七〕說　〔八〕𪕳　〔九〕猎　〔二〇〕女　〔三〕䂎　〔三〕晳　〔三〕也　〔五〕莿茦　〔六〕𦯩　〔八〕刺　〔九〕趚　〔三〇〕忽　〔三一〕裱滕帬衿　〔三二〕地北　〔三三〕踖　〔三四〕刺蟋

苦酒也徐邈讀　猎𤞟 山海經先民之山有黑蟲狀如熊名曰猎猎或从鳥　緆 細布也劉昌宗說　碏 礙也　䧿 雉名　婼 女字　𡪢𡫌 夜也或省通作昔　䂎

摘也　晳 白也　潟 鹵地

○皵 七迹切皵也文二十　嫧 齊也　䚍 觀也　黷 黷黖色敗黑　莿 艸名茦也　諎 敬也　刺　措 穿也傷也或作措　趚 也　趞 側行也或作趞　𧼯 忽遽也　𧘊 𧘊滕裙衿也　涑 水名在地北　厝 縣名在清河　磧 說文水渚有石者　踖 有容也詩執爨踖踖　簎 刺取鼈魚也周禮凡邦之簎事沈重讀　赤捇 除撥也周禮赤友氏或从手　𧍧 蟲名廣雅𧍧蜆蠆也

○積 資昔切說文聚也文三十五　襀 襞積衣閒蹴也　膌瘠 說文瘦也古作

〔二五〕晉　〔二六〕穩

〔二八〕从　〔二九〕濈　〔三〇〕積　〔三一〕耤　〔三二〕𪇓、廇、廗

痳 晉〔二五〕脊 說文背呂也隸作脊 樍 屋穩〔二六〕木也 趚 說文側行也引詩謂地蓋厚不敢不趚 踖 說文小步也引詩不敢不踖 嵴 山脊 唶 嘆聲 迹遺跡 速蹟跡 說文步處也或作遺跡速蹟跡 踖 說文長脛行也 借 說〔二七〕文假也 鶺鴒 鳥名爾雅鶺鴒雝渠雀屬也飛則鳴行則搖或作〔二八〕脊亦書作鶺 鰿 魚名鮒也 蟦 貝也爾雅蟦小而橢 䲡鯽 說文魚名或从即 濈〔二九〕 水出也 樍 木名樘也 磧 磧碏磑也 燋 灼龜炬也 呰 此也 積〔三〇〕 稀積種也 [艹脊] 艸名 耤 天子諸侯所耕田借人力以終之 腳 腳臘光澤皃 庴 縣名 ○ 席囟 祥亦切說文籍〔三一〕也禮天子諸侯席有𪇓〔三二〕繡純飾从巾庶省亦姓古作囟俗作蓆非是文十五 蓆 說文廣多也

〔三三〕邛　〔三四〕畝

夕 說文莫也从月半見 穸 說文窀穸也 汐 水名出陽城山一曰海潮汐池也 鄁 鄉名在臨邛〔三三〕 繹 又祭也宗廟有繹徐邈說 皵 木皮甲錯也 躤藉 踐也或省 褅 袚褅褅也 猎 黑獸似熊 嶧 山名〔三四〕 踖 躐也 ○ 籍 秦昔切說文簿書也文二十五 耤 說文帝耤千畝也古者使民如借故謂之耤通作藉 藉 艸不編狼藉也亦姓 莋葃 茹艸也或从昨 簎 刺取魚鼈也 膌脨痳瘠 胔 瘦也或作脨痳瘠胔 塉 薄土 䣢 地也 庴 縣名在清河 猎 獸名似熊 脊 死骨也 借 假取春秋傳計功則借人也陸德明讀 揹 擊也 筰 䌟 引舟筊或作䌟 蹐 小步 踖躤𨆶趞 踐也或从耤从藉从走 ○

〔三五〕采

〔三八〕釋　〔三九〕夾衺竊

〔四〇〕此

〔四一〕蓑

〔四三〕並眂

〔三五〕釋澤繹施隻切說〔三六〕文解也从釆釆取其分別物也或作澤繹通作醳文三十六釋說文潰〔三七〕米也釋耕皃檡木名適說文之也宋魯〔三八〕語亦姓夾〔三九〕夾盜竊褱物也或作奭奭奭奭說文盛也〔四〇〕北燕召公名古作奭或作奭睪視皃睗說文目疾視也睗日覆雲暫見也襫襏襫〔四一〕蓑襞也宣說文飯剛柔不調相箸郝姓也臭大白澤也螫蠚說文蟲行毒也或作蠚液醳漬也周禮春液角沈重讀或作醳舍置也婼闕人名春秋傳叔孫婼徐邈讀剔鬄剃也莊子燒之剔之徐邈讀或从髟黖方〔四二〕言色也一曰黖然赤色覞普〔四三〕眂也啇和也嘀囑也嫡婦人謂嫁曰嫡瘍關中謂病相傳爲瘍拓摭拾也或作摭嬕

〔四四〕郤脈仞

〔四七〕斥

〔四九〕臭

〔五二〕檢

〔五三〕並

〔五四〕盩㕍

女字○尺昌石切說文十寸也人手郤〔四四〕十分動脈爲寸口十寸爲尺尺所以指尺規榘事也从尸从乙乙所識也周制寸尺咫尋常仞諸度量皆以人之體爲法文十九赤烾說文南方色也〔四五〕从大从火古从炎土㡿說文郤〔四六〕屋也斥〔四七〕指名一曰大也踈也通作㡿滷潟苦地或从鳥通作㡿斥臭臭〔四八〕〔四九〕大白澤也或作臭蚸蟱蟆蚸蟲名似蚣蝑細長飛翅作聲者或从㡿蚇蚇蠖蟲名今蝍蛾訴毀也拆擊也鹵姓也跅斥也漢書跅弛之士謂士行卓異不入俗〔五二〕檢〔五一〕如覛斥逐如淳說一曰跳也覛普〔五〇〕視也睪視皃郝〔五三〕盩屋〔五四〕鄉名○隻之石切說文鳥一枚也从又持隹持一隹曰隻持二隹曰雙文二十三拓摭摕說文拾也陳宋語或从庶古作摕蹠說文楚人謂跳躍曰蹠

〔五五〕炙鍊上

〔五六〕基

〔五九〕升

跖說文足下也趆行也適往也袯襫袖也或作襫〔五五〕炙鍊

說文炮肉也从肉在火籒作鍊䨇霞䨇大雨𠪾仄也墌坧〔五六〕碁址也或从石〔五七〕蟅

蝷蟲名螓蝜也或作蚸腋胳也趟走皃祏宗主廟螪字林蟲名

〔五八〕膌股也○石后常隻切說文山石也在厂之下口象形一曰州名亦姓古作后文十

鉐鍮鉐以石藥治銅祏說文宗廟主也周禮有郊宗石室一曰大夫以石爲主䄷

說文百二十斤也稻一䄷爲粟二十〔五九〕外禾黍一䄷爲粟十六外大半外碩說文頭大也鼫

鳥名雕鷄也鼫說文五技鼠也能飛不能過屋能緣不能窮木能游不能渡谷能穴不能掩身

能走不能先人一曰形大如鼠頭似兔尾有毛青黃色好在田中食粟豆郭璞說蚸蟲名螳蜋

〔六〇〕潡瞻

〔六一〕瓶瓻

〔六三〕斗

〔六四〕英

也一名蚸蜋妬女無子〔六〇〕○䠶射食亦切弓弩發也或从寸文四麝獸名

爾雅麝父脚似麠有香潡水名出詹諸山○𥳑竹益切黏也文四滴潪

說文土得水沮也或省嫡嫡嫞女審諦皃○彳丑亦切說文小步也象人脛三屬相

連也文六〔六一〕瓶甋盛酒器或作甋棟椽〔六二〕也捇捇拔發摘也适跋也○

擿擲直炙切說文搔也一曰投也或作擲文十三蹢躑蹢說文住足也或

曰蹢躅賈侍中說足垢〔六三〕也亦作躑古作蹢酈陼縣名在南陽或作陼麱說文麥覈屑也

十斤〔六三〕爲三斗蠮蠮蠋蟲名滴土得水謂之滴蔏藡艸名博雅羊蔏蔏〔六四〕莄光也

或作鄭樀磨林○益伊昔切說文饒也从水皿皿益之意也古通作䔬文十謚

〔六五〕脈 蒜
〔六七〕𡙇
〔六八〕彤
〔七一〕奕或增之

說文笑皃 嗌蒜[六五] 說文咽也籒作蒜上象口下象頸脉理也 䑋 鼠名 膉 脰肉也一[六六]
曰豕伏槽一曰肥也 郤 地名 䓊 䓊母艸名芫蔻也 齸 說文鹿麋粻 㜋
女字○睪𡙇[六七] 夷益切說文司視也从横目从幸令吏將目捕罪人也古作𡙇文五十七 繹
說文抽絲也一曰陳也理也 襗 祭[六八]之明日[六九]又祭名殷曰彤周曰襗通作繹鐸 䭞 飯壞
曰鐸 襗 襗袍襦 ⿰衤夜 袔⿰衤夜袖也 醳澤 苦酒一曰醇酒也或作澤 掖 說文
[七〇]以手持人臂投地也一曰臂下也一曰門旁小門也通作液亦姓 𢍉 說文引給也 腋
胳也在肘後通作掖 亦 說文人之臂亦也从大象兩亦之形一曰又也 奕 說文大也引詩
奕奕梁山一曰奕奕行也方言奕[七二]僷容也自關而西凡[七一]美容謂之僷奕奕僷僷皆輕麗皃 弈 說文

集韻入聲十一　三

〔七三〕弈
〔七五〕升 穎
〔七六〕鄧
〔七七〕軌
〔七八〕曰 升
〔七九〕米
〔八〇〕盡
〔八一〕脈

圍碁也引論語不有博奕[七三]者乎一曰盛也容也 帟 在上曰帟 懌 說文悅也 斁斁
說文解也引詩服之無斁斁猒也一曰終也古从攴 射 無射九月律名射出也言陽氣上[七五]外陰氣
收藏不復出也孔穎達說 譯 說文傳譯四夷之言者 驛 說文置騎也 嶧 說文
葛嶧山在東海下[七六]邳引夏書嶧陽孤桐 暘 說文日覆雲暫見也 埸 畔也 墿 博雅[七七]軌道
也 釋𦔮 耕也或从易 燡 炎也 圛 說文回行也引尚書[七八]圛圛外雲半有半無
⿰目睪 目明皃 燡燡曎 光也或从火从日 ⿰王夜 [七九]⿰米夜 ⿰炎夜 煬
字林火光也或从三火亦作煬 棭 木名 液洂 說文盡[八〇]也亦姓或作洂 泲 水名
殤⿸疒睪 說文脈[八一]瘍也一曰病也或作⿸疒睪 易蜴 蟲名說文蜥易蝘蜓守宮也象形或作蜴

集韻入聲十一　三[七四]

〔八三〕畝　〔八四〕坄　〔八七〕穜　椴　〔八八〕瞁

秘書說日月爲易象陰陽也一曰水名亦姓檡棘名擇闕人名漢有司馬無擇⿰衤亦長衣也⿰革易素⿰革易履也焬闕人名後魏有張焬澤水流皃⿰米睪漬米⿰禾易禾終畝〔八三〕傷交傷也⿰口睪川名夜縣名○役伇役營隻切說文戍〔八三〕邊也古作伇隸省文二十四疫⿸疒役說文民皆疾也或作⿸疒役役〔八四〕坄炈說文陶竈窻也或作坄〔八五〕⿱雨役⿱雨役霙大雨⿰虫殳⿰虫殳刺蟲名⿱艹役〔八六〕⿱艹役也方言北燕謂之⿱艹役⿰木役說文穜〔八七〕樓也一曰燒麥柃⿰木役⿰役鳥⿰役隹方言秦漢之間謂鳩鳩小者曰⿰役鳥鳩或从隹豛⿰豕役說文上谷名豬或不省⿰魚殳⿰魚役魚名有四足如龜而行疾或省⿰金殳⿰金役⿰矛殳小矛或从役从矛督視也焱火皃⿺走殳趯⿺走殳走皃○瞁〔八八〕規

〔九一〕卯　坼　〔九二〕仄　〔九三〕皮　〔九四〕秦　〔九六〕法　〔九九〕給　〔一〇一〕仄

呼役切驚視皃或作〔九〇〕覠文十督眡也狊犬視〔八九〕也𢥞寐覺〔九〇〕也⿰幼血卯〔九一〕折廦仄〔九二〕也砉反骨相離聲〔九三〕焱火華也幦黍〔九四〕布○辟〔九五〕辟侵必益切君也一曰除也亦姓或作辟古作侵文十七⿱辟止躃說文人不能行也或从足亦書作躄⿱辟廾說文〔九六〕治也引周書我之不辟或从廾髀弓弭襞說文韏衣也徐鉉曰韏革中辦也衣襞積如辦也璧說文瑞玉圜也鐴〔九七〕犂耳也薜藥艸爾雅〔九八〕薜山蘄即當帰鷿鷿鷈鳥名鳩也廦牆也〔九九〕⿱辟鼠獙⿱辟鼠邪獸名喙或从犬繴名鳥也給繴絜也○僻辟辥侵匹辟切邪也或省亦作辥古〔一〇〇〕作侵文十廦牆也癖腹病闢爾雅溪闢流川謂通流也⿸厂辟仄〔一〇一〕也霹霹靂迅雷澼腸間

〔一〇二〕心　〔一〇三〕闢　〔一〇四〕彃　〔一〇五〕革　〔一〇六〕䁹　〔一〇七〕鶂　〔一〇八〕𪏁　〔一〇九〕趚　〔一一〇〕裛　〔一一一〕虧

水○擗〔一〇二〕毗亦切撫也文十八𡡉死皃𣯱毛也辟辟侵說文法也从卪从辛卪節制其辠也从口用法者也古作𡰪〔一〇三〕闢闢〔一〇三〕說文開也引虞書闢四門或从艸𩪑廣雅彃〔一〇四〕彊𩪑也一曰引弭革〔一〇五〕草蓖艸名焊博雅焊謂之缶躃仆也僻便僻舉止輕傷也䌟罿也或作罼椑棺也𢄑晃也欂杜也○碧兵彳切說文石之青美者文一○𨃗〔一〇六〕弃役切跛𨃗屈申皃文一○鶂〔一〇七〕工役切鳥名伯勞也文一○刺令益切𪏁〔一〇八〕也文三饜饜餔食相箸趚〔一〇九〕趚盜行○毄苦席切怖也文二迟曲行也○攫玃俱碧切搏也或从犬文三玃猿類○欂平碧切櫨也文二𩋾韋裏〔一一〇〕車靶○躩虧〔一一一〕碧切足

　

〔一一二〕是＼目　〔一一三〕徥　〔一一四〕刺　〔一一五〕絡　〔一一七〕皙　〔一一八〕折　〔一二〇〕糂　〔一二一〕汏米　〔一二二〕𤗰

皃文一○䩉𩋠紀彳切說文繫牛脛或从乞文二○虩火彳切虩虩恐懼也文一○䤆鋪彳切器下平也文一○𪏭知亦切黏也文一○剔土益切治也文一䮢刀解牛聲○是〔一一二〕七役切舉目使人一曰小動也〔一一四〕文二徥〔一一三〕小行也○悌弟待亦切易也或省文二○鑈奴刺〔一一四〕切絡〔一一五〕絲具文一

二十三○錫先的切說文銀鉛之間也一曰與也亦姓文二十七裼說文袒〔一一六〕也緆𪎭說文細布也或从麻啺𠯚啺啺鳥聲或从析皙〔一一七〕說文人色白也晰明也惁博雅惁惁憂也一曰敬也颷〔一一九〕颷颷風聲析〔一二〇〕枬斦說文破木也一曰析〔一一八〕也亦姓或从片古作斦淅糂〔一二〇〕說文汏米〔一二一〕也或作糂𤗰𤗰博雅𤗰〔一二二〕極也

菥[一七]菥蓂菜名木蓆也　蜥蝷說文蜥易也或从㢋亦書作蜇　蟄蝀蟲名博雅

蟄蜆[一八]肥也或省　晢摘也周禮晢蔟氏掌覆妖鳥之巢　⿰骨易骻中也　焬乾皃　⿱雨析[一九]

⿱雨析⿱雨析小雨一曰霰皃　蜴楚[二〇]謂欺慢爲脈蜴　婸女名　○戚[二一]　鏚倉歷切說文戉

也或从金戚一曰近也亦姓文十六　慽說文憂也或書作慼　覞規覞面柔　鼜鼜

說文夜戒守鼓[二二]四通爲大鼓夜半三通爲戒晨旦明五通爲發明或作鼙俗作鼜非是　⿰黑責⿰黑責⿰黑頁

色敗黑　磩碝[二三]磩石次玉　⿱艹戚艸名　⿱戚虫蟲名蟾蜍也或書作蝛　顣嚬也

宿衞孫文子邑名通作戚　傶博雅近也　蹙蹙蹙縮小也[二五]　⿰目戚見也　⿰戚攴

皺也　○績則歷切說文緝也一曰業也文九　勣功名通作績　樍木名博雅

[一七]蓂　[一八]大　[一九]蜆　聖　[二〇]眂　[二一]慼　[二二]七禮昏鼓　鼜　[二五]乜

[二六]樫積也　襀襞也　燋持荊然火以灼龜　⿰責鳥鳥名　蟦蟲名　積聚也

⿰叔鳥[二七]鶺鴒鳥名鷉鷉也　○宋寂詠諔家㴔前歷切說文無

人聲或作宋詠[二八]諔家㴔文十一　⿰口叔咮說文嘆也或省　覿覿覞說文目赤也一

曰遙視皃或作覿亦省　○壁[二九]必歷切說文坦也文十二　廦說文牆[三〇]也　繴鳥罟

爾雅繴謂之罿　綼紿綼絜也　鼊龜[三一]鼊龜屬　⿱辟豕⿱辟豕耶獸名一曰鳥喙[三二]　⿰女辟博雅

⿰女辟嫙[三三]步也　筋肕指節聲或省　皵皮乾聲[三四]　辟除也　鐴犁耳也　○

霹礔匹歷切霹靂雷之急[三五]激者或从石文十四　僻辟說文避也引詩宛如左僻一曰

从旁牽[三六]或省　劈說文破也　鎃方言梁益之間裁木爲器曰鎃　澼漂也莊子洴澼

[二七]鶺　[二九]垣　[三二]喙　[三三]斲　[三四]牛　[三五]急　[三六]牽

〔二七〕甓　〔二八〕蓑　〔二九〕腑　〔三〇〕示　〔三一〕綼絲　〔三二〕糾　〔三三〕冥　〔三四〕覓　〔三五〕䵘　〔三六〕鍇

統礕博雅碎也𠪗説文仄也鷿鳥名説文鷿鷈也癖⿰月辟積病或从肉礔礔礰石聲摽擊也○甓蒲歷切説文瓴甓〔二七〕也引詩中唐有甓文十五革説文雨衣一曰蓑〔二八〕衣一曰革蔍艸名似烏韭⿰月辟膌〔二九〕也椑棺也⿰女辟博雅⿰女辟⿰虒斤極也一曰欲死皃䴙⿱辟隹鳥名説文䴙鷈也或从隹亦書作鷿簞薄也擘大指檗檗也欂薄柱也或省裨〔三〇〕裳在幅飾一曰〔三一〕縿細⿰石辟僻糾〔三二〕擿邪辟也或从人○覛眽覓莫〔三三〕狄切説文衺〔三四〕視或作眽覓亦書作覔俗作覓非是文四十二䵘〔三五〕⿰黑覓䵘黑色敗黑一曰闇也或从覓覭微見也糸幺説文細絲也象束絲之形徐鍇〔三六〕曰一蠶所吐爲忽十忽爲絲糸五忽也或省⿰糸覓博雅索也一説荆州謂帆索曰⿰糸覓

集韻入聲十　三三

〔三八〕幎　〔三九〕鬃犬　〔四〇〕菥　〔四二〕冥　〔四三〕幭鞹　〔四四〕幎

集韻入聲十

冖冪幂説文覆也从冖下垂也或作冪幂幎〔三八〕説文幔也周禮有幎人或書作幂鼏説文以木横貫鼎耳而舉之引周禮廟門容大鼏七箇即易王鉉大吉也一曰覆鼎者幦⿰衤冥説文鬃〔三九〕布也引周禮駹車大幦或作〔四二〕⿰衤冥⿱竹冥箹⿱竹冥篷帶也蓂艸名爾雅菥〔四〇〕蓂大薺塓塗也春秋傳塓館宮室汨⿰氵覓説文長沙汨羅淵屈原所沈之水或作⿰氵覓⿰氵冪水淺皃通作⿰氵覓⿰馬覓馬嚙謂之⿰馬覓一曰馬驚視⿰豸覓白豕黑頭謂之⿰豸覓⿸虍冥説文旬虎也或从冖省⿰虫覓蟲名博雅蛪⿰虫覓也幭簚車覆〔四三〕笭也詩鞹鞃淺幭或作簚霢霢霂小雨慏〔四四〕博雅廣也冥以繩麋取禽獸之名周官有冥氏鄭康成説⿰火鼏⿰酉冥⿰酉鼏⿰火鼏蠢乾酪或作⿰酉冥亦从鼏熐夷人聚落謂之熐⿱艹覓艸名

〔四六〕脈　〔四七〕元

〔四八〕的

〔五〇〕皪

趯趯趯狂走皃　脈〔四六〕脈蝪欺慢也楚人語　鷶鳥鶩視　莫虛死〔四七〕也或引禮合莫　溟溟溟雨小皃　○旳的〔四八〕暉丁歷〔四九〕切說文明也引易爲的顙或作的暉文四十五　肑脅也　怉博雅怒也一曰痛也　㓚斷也　扚擊也引也　[illegible]弔說文至也或省　適親也　嫡說文孎也　蹢豴蹄也或从豕　駒說文馬白頟也一曰駿也引易爲駒顙通作的　⿰衤勺襌衣　靮繮也　⿰鼠勺鼠名　⿰啇鳥說文雉屬戇鳥也　玓說文玓瓅〔五〇〕明珠色　⿰石啇⿰石適⿰石勺博雅磓也或从適从勺一曰水⿰石啇番車　甋瓴甋謂之甓　⿰弓勺勺射質也或省通作的　鏑說文矢鏠也通作鍉　⿰黑勺博雅龍須謂之⿰黑勺一曰婦人面飾一曰黑子箸面　滴⿰氵適說文水注也或从適　魡⿱罒勺繫魚也或作⿱罒勺

〔五三〕準

〔五五〕款兒也

〔五八〕逺　〔五九〕苗

炮說文望火皃　樀⿰木適說文戶樀也引爾雅檐謂之樀一曰機上卷絲器或从適　⿰啇斗量器　⿰禾勺禾穗垂皃　菂芍芙蕖中子或省通作的　擿拺也磓〔五二〕也　杓物之標準〔五三〕通作魡　葯纏也　墑階謂之墑　啇本也　謫罰也　鍉〔五四〕唾器〔五五〕　○逖逷狄他歷切說文遠也引詩舍爾介逖古从易或省文四十二〔五六〕　敵敵敫小人喜笑皃　趯趯趯狂走　趯躍趯趯〔五七〕跳也或从走　踢踢　俶倜俶儻卓異也或作倜　惕愁惕愢說文敬也或从狄亦作愢愢古作愢〔五八〕　詆詆僻也一曰狡獪或省　瞲說文失意視也　覿覿目赤一曰遥視　⿰骨易說文骨間黃汁也　炮望火皃　蓨苗〔五九〕艸名蓨也或作

【六〇】鬀　【六一】犬　【六二】亭　【六三】水土

苗篧竹長殺皃詩篧篧竹竿剔㔹肆解也古作㔹或作肆鬄說文【六〇】鬄髮也擿晢擲挑也或作晢擲崵山名鬄錫髮也或作錫騞解牛聲莊子奏刀騞然向秀讀適適適然驚皃揥戲也取也嬥嬥嬥好也𥢟離而種之曰𥢟賈思勰說摘說文拓果樹實也一曰指近之⿰礻啇福也歡痛也〇狄亭歷切說文赤狄本犬【六一】種狄之爲言淫辟也亦姓文五十六敵適說文仇也或作適邮說文左馮翊高陵【六二】踧踧踧平易也詩踧踧周道迪說文道也伷說文行伷伷也頔好也覿覿覿爾雅見也或作覿覿滴【六三】水土和也糴說文市穀也亦姓或省籴歡痛也⿰礻啇福也䴞麥屑潟滷鹹地

【六四】遛　【六五】羌笛　【六七】苗　【六九】梠　【七〇】綿　【七二】緑　【七四】櫻　【七五】虔　【七六】梲枝

或作滷糴穛穀名或从禾滌說文洒也遛博雅遛遛雨也从迪笛【六五】羌⿺辶笛篴樂器說文七孔筩也羌笛三孔或作篴篧竹竿皃楸木名【六六】適荻艸名萑也或从狄蓨光皃苖【六七】艸名說文蓨也蔋蔋說文艸旱盡也引詩蔋蔋山川或作蔋樀屋梠【六九】一曰卷【七〇】綿具𤛗𤛗博雅𤛗特雄【七一】也或从犬【七二】墼堞也翟鸐說文山雉尾長者亦姓或从鳥⿰糸翟綠【七二】色⿰魚狄馬⿰魚狄魚名出東海逐滌速也周易其欲逐逐或作滌儥買也儵儵儵懼禍毒也妯爾雅動也方言【七四】擾也一齊宋曰妯彴橋也一曰流星咷嗷咷楚歌服虔【七五】說仢說文約地嚁聲也⿰齒翟鹹也蓧莜盛種於器謂之蓧或省櫂楚宋謂【七六】梲曰櫂一曰木枝直上

[七六]𠪚　[八〇]颵　[八一]腿　[八二]𥉂　[八三]趯　[八四]衺　纒　[八五]礰

兒婥女病䅥種也○秝[七七]狼狄切說文稀疏適也文一百三十七厤[七八]

說文治也𠩺分也歷𠪚[七九]說文過也古作𤯍曆說[八〇]文曆象也通作歷𩙡

颵𩙡[八一]風聲靂霹靂也𦢊𦢊脹[八二]強脂也𤻲㾖瘰癧病也或作㾖䁒

明也矋[八三]矋矋目明嚦嚦嚦聲也𪙂𪗵齒病或省𥊽目𧢷視𥌂

說文履下也𨘓[八四]𨗛𢕪偏行皃或作𨘓𢕪偏䟏躒說文動也或作躒

𨇨足所經踐酈麗說文南陽縣或省亦姓𨛋鄏地名或从磿寥

𡫯寂寥無人也或从歷𨈻𨈻倮也衺[八五]䌂急纒也或作䌂𠟻也劙磿

礰說文石聲也或作嚦䵋黑皃礫硌䃕珞說文小石也一曰石皃或

[八六]鬲　[八七]𤾨　[八八]乜　觳　[八九]歷　[九〇]𧭈　[九一]櫟　[九二]柙　[九三]𦌰

作硌䃕珞璬說文玉也瓅說文玓瓅也纅治絲也皪𤾨的皪白皃或从[八七]歷

𠞩割也或省鬲[八八]𩰲𩱧鎘鬴䰛鏖鑠𩰱𩱏

說文鼎屬實五觳斗二升曰觳象腹交文三足或作𩰲𩱧鎘鬴䰛鑩鑠鏖古作𩱏象孰飪五味气上出

𩪘骨病壢歷[八九]坑也或省𤖅牀簀𧭈讈[九〇]謰讈言不明或省䣐

𨡙說文酳也或从歷醽䤙酪也糲雜也擽攦攊博雅擊也

或从麗从歷轢轣轆說文車所踐也或[九一]作轣轆通作櫟櫪說[九二]文櫪撕柙指

也𦪈船也𪔷𪔵𪔷鼓聲䮥馬色𦍧𦍧羖𦍧山羊或省𤢢𤢿

𤢽𤢢獸名或作𤢿樂亦省𧕒野蠪鷊鳥名似鷹而大也𦌰𦌰[九三]罙𦌰

〔九四〕同 〔九六〕蚸
〔九七〕靂霖霖
〔九八〕𣱦 〔九九〕閴
〔一〇二〕軌 〔一〇三〕寥
〔一〇四〕瓑

煙〔九五〕皃或从曰 ⿰魚鬲鱷鱳魚名博雅䱸也或从歷从樂 鼊鼠名 蚸〔九六〕蟲名
似蜙蝑細長者 魔鬼名 㷴䵏火皃或省 磿谷名 瀝㶇說文浚也一曰
水下滴瀝或作濿 〔九七〕靂霖霖靂雨不止皃或省 濼貫衆艸名 㵐㵐㵐寒皃 ⿰月歷
木穿障也 ⿱穴歷 蔐艸名說文夫蘺上也 〔九八〕蘇艸木疏皃 〔九九〕藶葶藶艸名 ⿱艹瀝
水艸 櫟說文木也一曰〔一〇〇〕縣名 ⿰歹歷㱹蜥欲死皃 〔一〇一〕閴殺也 ⿸厂歷厤落大也 漻
變化皃莊子〔一〇二〕油然漻然李軌讀 轑撓也漢〔一〇三〕書轑釜 寥〔一〇四〕博雅藏也 ⿰木厤養馬器通作櫪
䚏獸角鋒曰䚏 扚按也〔一〇五〕 ⿱髟歷髮疏皃 𢤍心所營也 ⿱厤星星皃 ⿵門歷
開也 ⿰糸歷繩為界埒也 瓑耳審聞 ⿰鼻歷鼻別臭 ⿸厤攴亂也 ⿰女歷女字

〔一〇五〕麻爪 〔一〇六〕㷴 〔一〇七〕殿
〔一〇八〕欂
〔一一〇〕柃 〔一一一〕杖嵩
〔一一二〕緦
〔一一三〕閱 〔一一五〕門
〔一一四〕恆

⿺辶歷近也 〔一〇五〕⿸麻爪以爪擇物 〔一〇六〕壢積也 ⿸麻黍黐麼小劣也 ⿸厤玉玉名 〔一〇七〕⿸厤殳
川𪾏闕人名也 ⿱竹厤竹火約刀為⿱竹厤 ○ 惄餒乃歷切說文飢餓也一曰憂也
引詩惄如調飢或作餒文九 愵惄說文憂皃或作惄惄亦書作愵 休溺說文沒也
或作溺 ⿰米弱粉餌熟曰⿰米弱 ⿱弱土水土相和也 〔一〇八〕嫋弱也 ○ 檄刑狄切說
文二尺書文十三 鷁鳥名 〔一〇九〕椴說文種椴也一曰燒麥柃〔一一〇〕椴也 薂爾雅的薂蓮實
也 覡擊說文能齊肅事神明也在男曰覡在女曰巫或作擊 觳說文秋〔一一一〕端角也 獥
狼子 〔一一二〕⿰鼠敫鼳鼠名狀如鼠在樹木上或作鼳 〔一一三〕⿱竹鬲之斛注謂之勃盧 殺矜矛屬長殺或作矜 ○ 鬩⿰言兒謦激切說文〔一一四〕煩訟也引詩兄弟鬩于牆从門从兒兒善訟者也

【二一六】欸 【二一七】欱 【二一八】瀾沭 【二一九】歟
【二二〇】笑
【二二一】憪虩 赤
【二二二】怵 【二二三】憪
【二二五】殺 【二二四】匔
【二二七】暴
【二二八】苓
【二二九】綂 【二三〇】執
【二三一】水
【二三二】衺 衺

或作詠文十八 謚欸 笑聲或作欸〔二一六〕 歐〔二一七〕 去涕也 瀾〔二一八〕 瀾沭怖懅也通作怵 歟〔二一九〕 說文且唾聲一曰小兒〔二二〇〕 篘 籬屬 焃 赤也赫也 衄 卵坼不成曰衄 砉 砉然皮骨相離聲李軌說 憪〔二二一〕 憪虩亦紙〔二二二〕 殺殺矜 博雅矛也或作殺矜 怵〔二二四〕 心不自安〔二二三〕謂之怵〔二二五〕 焱 火華 憪〔二二三〕 慗也 ○喫嚽嗷 詰歷切說文食也〔二二六〕或作嚽嗷文十三 㲉〔二二五〕 敹也 㪐 齎也〔二二六〕 㲉 勤苦用力曰㲉 擊 旁擊〔二二七〕也 燩 博雅暴〔二二八〕也 鈫 吹器 幦 覆苓〔二二九〕也禮君羔幦徐邈讀 澼 漂也〔二三〇〕莊子洴澼洸李軌〔二三一〕讀 豹犳 子也或从兮 ○激 吉歷切說文礙〔二三三〕衺疾波也一曰半遮也〔二三四〕亦姓淮南傳有激章文二十 䰜 衺衺〔二三五〕 竅 回陀〔二三六〕 敫 敬也 毄 說文相擊中也如車相擊故从殳从軎 𦗟

【二三六】鳥
【二三七】六
【二三八】鷊
【二三九】地
【二四〇】闃 昊
【二四一】鳥
【二四二】鼠／鼳／鼠

目不瞬 擊撽隔 說文攴也或作撽古作隔 轚 說文車轄相擊也引周禮舟輿擊互者 約 纏也 墼 說文瓴適也一曰未燒也 獥 獸名爾雅狼其子獥 鷩 鳥名爾〔二三六〕雅鷩鷊鶴似鳥蒼白色 㲉 說文艸也 茭 弓檠 嗷 聲之激也春秋傳嗷然而哭 鈫 吹器 憿 疾也或書作憝 譤〔二三七〕 許也 ○鶃鷊鶂鷁 倪歷切說文鳥也引春秋傳文鶃退飛或从鬲从赤从益文十二 霓 雌虹 艗榏舰 艗首舟也或从木从兒 鶪〔二三八〕鷊鶂 說文綬也引詩卬有旨鷊或作鷊亦从鶂 㕧 說文石地〔二三九〕惡 ○闃 苦臭切靜也文三 䠘 踞也 砉 砉然皮骨相離聲 ○昊 局闃切說文犬視皃爾雅〔二四〇〕 鼳〔二四一〕 獸名爾雅鼳身長須而賊秦人謂之小驢 鳥曰昊張兩翅也文十

一曰鼠名今江東山中有狀如鼠而大蒼色郭璞説 犑 牛屬 鶪⿰狊隹鴃 鳥名説文伯勞也或从隹亦作鴃 湨 水名在河内 郹 説文蔡邑也引春秋傳[四四]郹陽封人之女奔之 則 刵也 偰[四二] 點[四三]也 ○⿰女血 呼臭[四五]切鳥卵裂也禮卵生者不⿰女血文十三 ⿱艹血 艸名 洫 水名在漁[四六]陽 芍 陂名 ⿰矛勺殺 矛屬或作殺 狊 犬視 焱 火華謂之焱 砉 皮骨相離聲 幦 車覆笭春秋傳以幦爲席 ⿱⿰田犬皿 山名[illegible]書⿱⿰田犬皿[illegible] 山出銀鉛[四八]在益州郡 ⿰目犬睯 視也或作睯 ○楝[四九]⿰木索 霜狄切木名爾雅楝赤楝或作⿰木索 文二 ○⿰黃或 況[五〇]壁切面也莊子鶮項黃⿰黃或文二 洫 深意郭象曰老[五一]而愈洫 ○棫 于狊切木名白桵也文一

[四二]偰 [四三]黠 [四五]臭

[四六]漁

[四八]鍇 [四九]楝

[五〇]況面

[五一]老

二十四○職 軄 質力切説文記[一]微也一曰主也業也或从身文二十一 戠 説文闕[二] 織⿰糹式緎𢧀[三]𢦶 説文[四]作布帛之總名也樂浪挈令从糸从式徐鉉曰挈令蓋律令之書也或作緎古作𢧀𢦶 膱[五] 脯脡也長尺有寸 樴 説文弋[六]也通作職 ⿱髟戠 髮垢也 蘵⿱艹織⿱艹戠 艸名爾雅蘵黃蒢葉似酸漿華小而白或作⿱艹織亦省 蟙 蟙䘃蟲名蝙蝠也或从式 蚮 埴[七] 黏土也 昵䐈⿰氵戠 粘也周禮凡昵之類不能方或作䐈⿰氵戠通作膱 ⿰女戠 女字 ○識⿱戈言 設職切説文常也一曰知也亦[八]姓古作⿱戈言或書作戠文十七 試 用也通作式 飾餝 説文㱾也一曰椽飾或作餝[九] ⿰目式 目所記也 式 説文法也亦姓 軾 説文車前也 拭⿰巾式 爾雅清也或从巾 ⿰糹式

[一]記微

[六]弋

[八]叙

[二一]⿱羽夾 [二二]蘵
[二三]楓
[二五]餕

織[二〇]已經未緯也 鉽鼎屬 翜[二一]竊盜挾藏謂之翜 蘵苦職[二二]艸名即苦參 蚮蚮螺蟲名仙鼠也 烒火兒 栻木局也有[二三]天地所以推陰陽占吉凶以楓子棗心為之通作式 ○瀷吃力切水出大騩山南入潁一曰水潦文二 潩水出河南密縣東入潁 ○寔丞職切說文止也一曰是也文十七 遈行也 湜⿰氵寔說文水清底見也引詩湜湜其止或从寔 殖說文脂膏久殖也一曰種也一曰興生財利曰殖 埴⿱直土戠說文黏土也或作⿱直土戠 稙說文早種也引詩稙稚尗麥 植⿰木置說文戶植也一曰樹立也或从置 ⿰多直多也 ⿱竹直笙也 葥藥艸 淔水名 禃[二四]專一也 值措置也 ○食⿱亼旦實職切說文一米也古作⿱亼旦亦姓文五 ⿰飠⿱亼虫[二五]蝕⿸疒食說文

[二六]札 [二七]仄⿸厂具⿸厂兵夨
[二八]夨
[二九]曰 [三〇]烏
[三一]或从昗
[三三]气⿰𠤕彡
[三五]田
[三六]畬 [三七]曰
[三八]節

敗創也或省亦从疒 ○側札[二六]色切說文旁也文十八 仄[二七]⿸厂具⿸厂兵廁說文側傾也从人在厂下或从具籀从夨亦作廁 夨[二八]說文傾頭也从大象形 ⿸厂日⿱日具昃稷說文日在西方時側也引易日[二九]昃之離或作具昃稷 蒯艸名說文鳥[三〇]喙也一曰附子一歲者 稄稫稄禾密兒 稷[三一]禾束也 ⿰扌則打也通作損 ⿰仄鳥鳥名 ⿰氵仄[三二]汄湢汄水流兒或省[三四] 崱山連兒 ○色⿰𠤕彡殺測切說文顏色也[三三]古作⿰𠤕彡文二十二 艴博雅軫艴轉[三五]戾也 嗇⿱來田⿱从田嗇⿰亻嗇說文愛濇也从來从亩來者亩而藏之故曰[三五]夫謂之嗇夫古作⿱夾田[三六]⿱从田隸省亦作⿰亻嗇 穡說文穀可收田[三七]穡 薔艸名說文薔虞蓼 ⿰嗇欠恐懼也春秋傳⿰嗇欠然而駭 ⿰忄嗇恨也 ⿰嗇力助也 ⿰嗇頁頰也 ⿱竹嗇飾[三八]也 ⿰虫嗇蟲名

[二九]䈪

[三〇]⿱真山⿱山矢

[三一]揳

轖轖說文車籍交錯也一曰重革之[二九]䈪所以覆軨也或从革 繬博雅縫也 劄刺也 濇不滑也 嬙女字 ○測察色切說文深所至也文九 稄禾稠皃 溭溭淢水皃 惻說文痛也或書作恩 畟稷說文治稼畟畟進也引詩畟畟良耜或从耒 ⿰土則說文遏遮也 ⿱艹敕艸名 廁側也莊子廁足而墊之 ○崱實側切崱屴山大皃文六 [三〇]⿱真山⿱山矢⿱真山嶷山峻皃或省 溭溭淢奔湍 萴藥艸博雅附子一歲曰萴子[三一] 揳[三二]攴也 ○息謥悉即切說文喘也一曰止也生也古作謥文十三 ⿰食息博雅息也方言周鄭宋沛閒曰⿰食息 瘜⿰月息說文寄肉也或从肉 熄說文畜火也一曰滅火 蒠菲蒠菜名生下溼地似蕪菁可食郭璞說 ⿰木息說文木名 鄎

[三四]卽卽

[三五]郮𨚗

[三六]稷

[三七]齋

[三八]⿰木畟

[三九]蔾

[四〇]艮

說文姬姓之國在淮北今汝南新鄎 ⿰阝息地名 ⿱竹息箕⿱竹息竹器 ⿰息鳥鳥食 ⿰氵息[三三]水皃 ○卽[三四]卽節力切說文卽食也一曰就也亦姓隸作卽文十六 ⿰月卽⿰月卽膱膏澤也 唧啾唧多聲 揤說文捽也魏郡有揤[三五]裴侯國一曰拭也 堲虘也 ⿰火卽燒土周棺也或从火通作卽 畟稷𠝓畟畟耜利也或从耒从刀 稷稩[三六]說文齋[三七]也五穀之長亦姓或作稷稩 ⿰火節燭燼 ⿰木畟[三八]說文細理木也 ⿰牛畟牛名犪也 㹅犬生三子曰稷 ⿰卽鳥⿰卽鳥鴒鳥名雝渠也或書作鶺 鯽魚名 蝍蟦[三九]蟲名爾雅蒺蔾蝍蛆似蝗食蛇腦或作蟦 積木名樫也 艮[四〇]理也 禝[四一]堯臣能播五穀有功於民祀之通作稷 ⿰亻畟小也 ○堲卽疾力切疾也書朕堲讒說或省文八 垐以土增道 揤打也 ⿱卽大

〔四二〕⿰亻步
〔四三〕⿰月直
〔四四〕㒳
〔四五〕柄
〔四六〕占

欭錯候或作欭　蔟蔟藾艸名　崱山皃　○陟⿰亻步〔四二〕徏隲徝
竹力切說文登也或作⿰亻步徏隲徝文十二　稙早種也　㰢痛也　⿰月直〔四三〕肥也　捗
打也　䞓到也　聑耳目不相順也　○敕勅勑蓄力切說文誡也〔四四〕㒳地曰敕从攴束
聲古从力或作勑本音賚世以爲敕字行之久矣文十九　飭飾說文致堅也一曰戒也或作飾
侙恜說文惕也引春秋國語於其心侙然或从心　遫博雅張也一曰開也通作慗
慗從也　趩⿰足異說文行聲也一曰不行皃或从足　杙博〔四五〕雅曲道杙揭也　淔
說文水也一曰出潁川一曰〔四六〕艸名　鷘⿺式鳥鸂鷘水鳥毛有五色或作⿺式鳥　蓳艸名似冬
藍味酢　式古文也古者大出師則大史主抱式　鉽飾也　潩水湊急也　○直

〔四七〕⿱㐭木⿱卣木
〔四八〕⿰棘力棘
〔五〇〕鳩
〔五一〕昵
〔五二〕亡
〔五三〕疾

⿱㐭木⿱卣木〔四七〕逐力切說文正見也亦姓古作⿱㐭木⿱卣木文九　嵿山皃　犆⿰巾直緣也禮羔幦虎
犆或从巾　植立也詩植我鼗鼓　⿰月直肥也　値措置也　○力六直切說文筋也象
人筋之形治功曰力能圉大災亦姓文十九　仂勤也一曰稅什一也　⿰彳力行脛相交也
⿰棘力〔四八〕趙魏之間謂棘曰⿰棘力　朸〔四九〕縣名屬平原一曰屋隅亦姓　屴屴崱山連皃　泐
水石理也　⿰豸力犬名出遼東　鳨鳥名卜鳧也一曰鳩〔五〇〕別名　⿰犭力犬爭皃　扐
縛也關中語　赲赲趩行皃　來⿰禾來麳⿸麥來來牟麥也或作⿰禾來麳⿸麥來　⿰去夌去皃
棶木名野棗酸者江南山東曰棶子　蝕谷名在杜南　○匿昵〔五一〕力切說文十〔五二〕
也一曰微也一曰朔而月見東方曰側匿文十一　⿰齒匿⿱匿齒疾　⿰黍匿黏也　蠠⿷匸虫⿱匿虫蟲名

[五四]宋　[五五]情　[五六]木　[五七]省裹

[五八]劉劉

[五九]𥏦

[六〇]庂　[六一]趨

[六二]石

博雅蠠䖶蝨也或作匿蠠[五五]　愊恧　愊也方言梁中[五四]曰愊或作恧　鰸　魚名似鯇而小[五六]　嫕

女字　慝　隱情飾[五五]非曰慝　○弋　逸織切說文橜也象折木衺銳[五七]箸形从厂象物挂之也亦姓文

四十八　杙樴[五八]職　說文劉[五八]杙或作橄職　隿　說文繳射飛鳥也　[illegible]翼[illegible]

翊　說文翄也篆作翼或作𦏺翊翼一曰輔也盛也又國名亦姓　鳶　鳥名　翊　說文飛皃

一曰輔也一曰馮翊郡名　翌　爾雅明也　廙庂　說文行[六〇]屖也或作庂　忕　心動也

趩䢾　說文趨[六一]進趩如也或从辵　代　行也　瀷　肥澤也　𤺊　病也　[illegible]

鈌盆骨也或作骨　妐　說文婦官也　熼[六二]　火皃　酟　說文酒色也　蟔　蟲名

鈛　爾雅鼎附耳外謂之鈛　廙　不利也　𠥱𠥻　說文田器也或从翼　䄩

[六三]麱

[六四]虞　[六五]翌

[六六]密　[六七]虞　[六八]亟　[六九]鍇　[七〇]羊省

博雅耩䎽耕也　䆸穓　蕃蕪皃或作穓　䴬秇　麥麱[六三]也或从禾　蘔[illegible]　艸名蘔藕

也或省　芅　銚芅艸名羊桃也通作弋　潩　說文水出河南密縣大[六五]隗山南入潁　黓

黑也爾雅太歲在壬曰玄黓　虞[六四]　闕人名魏有茍虞　翌[六五]　舞名　蛡　蜂房也太玄蠕其蛡

一曰蟲行皃　瀷　說文水出河南密[六六]縣東入潁　熤　闕人名後魏有張熤　笓　竹索[六七]

䘸　黑衣　戜　瓦坏也　○殛極　訖力切說文殊也引虞[六七]書殛鯀于羽山或作極文

十三　亟[六八]𦺓　說文敏疾也从人从口从又从二二天地也徐鍇[六九]曰承天之時因地之利口謀

之手執之時不可失疾也或作𦺓　䁒　張目也　茍𦺓　說[七〇]文自急敕也从羊省从包省从口

口口猶慎言也古作𦺓　䩯革　說文急也或作革　㥛　說文疾也　悈　博雅慬也

〔七二〕棘

〔七三〕棘　〔七四〕襋　〔七五〕極

〔七六〕戓　〔七七〕繫牛脛也〔七八〕生

〔八二〕棘 或作㰈　〔八〇〕鸔

〔八三〕懊　〔八四〕歁　〔八五〕覤

〔八六〕夎　〔八七〕斜

〔八九〕馬　〔九〇〕德

通作㥛䔟去也瓅琜垂棘〔七二〕地名字本作棘〔七三〕以其出美玉故从玉或謂玉曰垂瓅亦省通〔七四〕作蕀棘襋極說文衣領也引詩〔七五〕要之襋之或作極棘棘朿說文小棗叢生者又姓〔七六〕或作棘亦省覲說文繫〔七七〕也脛牛誣訥言也蕀艸名爾雅髭顛蕀細葉有刺蔓〔七八〕或謂之女木〔七九〕瞿瞿瞿居喪視不審皃𩌏博雅羈〔八〇〕𩌏𩌏勒也勅力也𡶛山名𦍥羊名棘〔八一〕㰈縣名或从人〔八二〕麥來牟也諽愅飾也謹也更也〔八三〕或从心○赩迄力切說文大赤也文十一𢡋〔八三〕怒也黠青黑色曰黠歘〔八四〕說文悲意覤覤覤〔八五〕驚懼皃衋說文傷痛也引周書民罔不衋〔八六〕傷心夎〔八七〕博雅夎夎肥也奭奭〔八八〕邪視皃或省赥笑聲謂之赥赥䮭高走○億偪億意乙力切說文安也一曰度

〔九一〕意　〔九二〕意

〔九三〕肊 肉

〔九五〕駐 抑

〔九七〕澗

〔九九〕檍 意

〔一〇一〕抑

〔一〇三〕憲

〔一〇五〕扐

〔一〇六〕歧 戓

也辭也或作偪億意文三十二〔九一〕𠷎說文快也憶思也𢡃意〔九二〕說文滿也一曰十萬曰𢡃籀作〔九三〕意肊臆𩪿䯨說文胷骨也或作臆𩪿䯨繶博雅繶紃條也帠幡〔九四〕也𢑏𢪐抑說文按也从反印或从手隷作抑𨚕邑名癔病也醷醷醴酏爲漿也〔九六〕澺澺說文水〔九七〕出汝南上蔡黑閭澗入汝隷作澺蒠薏艸名說文〔九八〕薏苢一曰蓄英或作薏檍檍〔九九〕木名說文杶也或〔一〇〇〕从薏𣗋說文梓屬大者可爲棺椁小者可爲弓材螠𧕅蟲名博雅螅螠也或作𧕅〔一〇一〕噫語辭〔一〇二〕通作億抑䭭履首䭭數也通〔一〇三〕作億憲○極竭億切說文棟也一曰中也至也文五殛死也𩋳亟急也或作亟朸〔一〇五〕漢侯國名○㘈嶷懝譺鄂力切說〔一〇六〕文小兒有知也引詩克岐克嶷或从

山或从心从言文七　薿茂也　觺觺觺[一〇六]角皃　疑正立皃　○⿰革亟⿰韋亟乞力切韋堅[一〇七]也

或从韋文六　⿰革赤馬勒也　緙殺[一〇八]也　諽飾也謹也更也　愅也或从心　○或域⿰阝或𩇕越逼切說文邦也从口从弋[一〇九]以守一一名也或从土从𠂤古作𩇕𩇕文二十八　⿱艹或艸木叢生通作棫　淢說文疾流也　罭罔也　棫木名說文白[一一〇]桵也　⿰角或疾皃

惐惻惐傷痛也　蜮蟈蟲名說文短狐也似鼈三足以气射害[一一一]人一曰蝦[一一二]蟇也或从國　⿰或鳥鳥名博雅⿰或鳥鵖戴勝也　⿱或大字林大力皃　⿰缶或說文瓦器也　琙闕人名漢[一一三]有公孫琙　黬緎⿰革或⿰羊或說文羔裘之縫或从糸从革从羊　⿰馬或驅⿰馬或馬走皃　閾⿵門洫說文門榍也引論語行不履閾古从洫　⿰鬼或鬼名　⿱或水說文水流

[一〇七]堅　[一〇八]紩

[一〇九]戈地名

[一一一]害　[一一二]蝦

[一一三]琙

也　⿱竹或竹叢生　⿰犭或飛[一二五]也　○洫淢忽域切說文十里[一二四]爲成成間廣八尺謂之洫引論語盡力乎溝洫或作淢文三十二　⿰或欠吹也　越盜走　⿱或水說文水流也　侐說文靜也引詩閟宮有侐或从門　⿵門血　閾⿵門洫門榍也古作⿵門洫　黬緎⿰革或縫也或从糸从革　⿰或鳥鳥名　⿰歹或殘裂也　旻舉目使人也　⿸疒或說文頭痛也

⿰火血火光也　⿱或大博雅方也一曰大也　窢窢然逆風聲　⿰衣畐赭色　⿰夕血卵[一二六]破也禮卵生者不⿰夕血徐邈讀　⿱或目睡目皃　⿰馬或驅⿰馬或馬走　⿰魚或魚名　罭魚罔

⿰風或風皃　掝裂聲　⿰或羽鳥飛聲　⿱聿畐痛傷也　惐心惑也　㖪聲也或从旻　○堛拍逼切說文甴也文二十一　畐[一二七]偪說文滿也从高

[一二四]深八尺

[一二五]丁

[一二六]卵

[一二七]畗

[二八]辜祭　[二九]踾　[三〇]庋　[三一]帶　[三二]傰

省象高厚之形或作偪　陝隔　地裂謂之陝或作隔　畐　多也　稫　稫稄禾密皃

䵀　治黍禾豆下潰葉也　䭁　飽皃　副疈偪罷　說文判也引周禮副辜[二八]祭籀作疈[二九]或作偪罷

愊　說文誠志也　踾　踾聲　楅　所以皮[三〇]矢也　揊敀扑　擊聲

或作敀扑　馥　香也　葍　艸名　○逼偪　筆力切爾雅迫也或作偪文十八　皕

說文二百也　楅　說文以木有所逼束也引詩夏而楅衡　幅　行縢[三一]也春秋傳帶裳幅舄

䮠　䮠駛馬走　鶝　鳥名似鵲　湢　湢泧水驚涌皃　䬍颵　風也或作颵　囪

閉也亦姓　皀　粒也　堛　塊也　畐　多也　踾　踾蹴行迫也　䵀　粘也　稫

蹂禾下葉　輻　車笭閒皮篋　○愎　弼力切戾也文二十　稪糒煏傰[三二]　說文

[二三]下瀆葉　[二四]来　[二五]坼　[二六]棘　[二七]密
[一]升　[二]一　[三]㥁　[五]已

以火乾肉或作稫煏傰　䵀稫　治黍或从禾[二三]也　䞟　走也　踾　踏也　鶝

鳥名　腷服　腷臆意不泄皃或作服　愊　坼[二五]也　馥　香也　䬍　風也　棘[二六]

僰　地名在蜀或从人　𨹟　陊山　覆　賤稱　愊　誠也　○䆬　密[二七]逼切暫視也文一

○𩬪　丁力切毛少也文二　得　得滴水少　○日　而力切太陽精也李舟說文三　𣆶

到也　眲　耳目不相信

二十五○德　的則切說文外[一]也曰行之得也文十三[二][三]　悳[四]惪　說文外得於人

內得於已[五]也古作悳通作德　𨀤　踣踣行皃　𦩣　約也　取　取也　得㝵㝵得

說文行有所得也古省或作㝵得　淂　水皃一曰水名　陟　得也周禮陟[六]夢言夢之所得

〔七〕德　〔一〇〕敵　〔一一〕蟘　〔一三〕㝵

㾃病也○忒惕〔七〕得切說文更也文十三　忒〔八〕說文失常也　膩肋膩不正　容止也　蟘蟲名博雅蝛蟘蟘也　㥀心懼〔九〕　貣貸說文从人求物也或作貸　聽聽䁲目欲臥皃　㝵擊也挨也　匿朔而月見東方曰側匿〔一〇〕　㥾慙也　慝式惡也　或作式通作匿○特犆犆〔一〇〕敵德切說文朴特牛父也一曰獨也或作犆犆文十五　貣　貸从人求物也或作貸　蟘蟘蟘螣說文蟲食苗葉者吏乞貸則生蟘〔一二〕引詩去其螟蟘或作蟘蟘螣　職樴杙杙也周官有職人戚〔一三〕讀或从木从貣通作㝵　蟘中關謂蛇蠆毒曰㝵　㝵木名　鴏鴏鷵○勒歷德切說文馬頭絡銜也一說馬轡有銜曰勒無曰羈　蟘或書作蚮　肋說文脅骨也　扐說文易筮再扐而後卦一曰指一曰刋〔一三〕也文十四

〔一四〕閒　〔一六〕𧓍　〔一七〕輱　〔一八〕菲

〔一四〕閒也通作芀　仂什一也禮祭用數之仂　协說文材十人也　芀藿芀菜名胡荾屬　竻竹根　朸說文木之理也平原有朸縣　阞說文地理也　泐說文水石之理也引周禮石有時而泐〔一五〕　墊玏說文玪墊也謂石之次玉者或省亦書作瓅　劤廣雅劤力也　泐水聲○𧓍螚匿德切蟲名兔缺也一曰小〔一六〕蟲或省文五　䏻埃䏻　無光　䅞穀穰也　耛輱〔一七〕耛艸生皃○北蜚〔一八〕必墨切說文菲也从二人相背一曰朔也　蜚〔一九〕蟹四足者曰蜚古作蜚文三〔二〇〕○菔蔔鼻墨切菜名說文蘆菔似蕪菁實如小尗者或作蔔文二十五　憊困也　僰趙魏謂𧖴曰僰　扶擊也　匐伏服蹴說文伏地也或作匐伏𠬝蹴　菩艸名　踣趙仆掊

[二二]𧾷棘人 [二三]瀆 [二四]二 [二五]屎 [二六]聽𪑹 [二七]覓 [二八]瞐 [二九]蝙 [三〇]艒

殕趴 說文僵也引春秋傳晉人踣之或从走亦作仆棓[二一]殕趴 𧽍[二二] 說文犍爲蠻夷 罷 方言農夫之醜稱博雅儓罷醜也 垘 土壅曰垘 稫 說文黍禾豆下[二三]潰葉 培 重也莊子而後乃今培風 蝮 蝮蝠蟲名蟓也 熇 火乾也 茯 茯苓藥艸 ○墨 密北切說文書墨也亦姓一曰度名五尺曰墨文一十五[二四] 默 說文犬暫逐人也 嘿[二五]默 靜也或从欠通作默 嚜 博雅嚜㞑[二五]欺也 䁺 䁺瞮視無所見 𪑹 聽𪑹[二六]目欲臥皃曰驚也 冒 干也 覓[二七] 突前也 𥦗 暫視也 嫼𡝫 怒也或不省 纆纆 說文索也或从墨 瞐[二八] 䀹帽水蟲 蟔[二九] 蟲名齊人呼蝙爲蟙蟔 蠌 蟲名爾雅螺蛅 蟴蛓屬通作螺 万寨 万俟虜姓或作寨 艒艒[三〇] 小舟或作𦩎 爅 火皃○

[三一]見 [三二]書 [三三]即也 [三四]賊 [三六]四 [三七]兒

寔塞塞 悉則切說文窒也从𡨄从廾窒宀中𡨄猶齊也亦姓或作塞𡫳文七 賽 䁺賽[三一]視無皃也 寒𡫦𡫳 說文實也引虞書[三二]剛而𡫳古作𡫦𡫳 ○墄 七則切階級也文一 ○則𠟭𠟮𠟭 即得切說文等畫物也从刀从貝貝古之物貨也一曰法也[三三]古作𠟭𠟮籀从鼎文四 ○戝賊 疾則切說文敗也从戈則聲隸[三四]作賊文十一 𤁙 博雅泚𤁙測也 鰂鱡鯽 說文烏[三五]鰂魚名或从賊从即 蠈蝍 蝗食禾節者或从則 蕆 木蕆艸名 𨆍 踐害之也 樴 木名 ○劾 紇則切法有罪也文二 閡 礙也 ○黒黑 迄得切說文火所熏之色从炎上出四[三六]文七 嫼 說文[三七]怒也 𢙼 惛也 潶 水名出黑山西 默[三八]嘿 欸也或从口 䲒 魚名鰜也 ○克亨

〔四〇〕筝 亭亭点
〔四二〕勊
〔四四〕彊
〔四五〕埬
〔四六〕䖤
〔四七〕𥟍觲

亭帛帛 乞得切說文肩也象屋下〔四一〕刻木之形徐鍇曰肩任也負何之名也與人肩膊之
義通作勝此物謂之克古作亭亭帛帛文十二 𡠗娩 老女卑賤謂之𡠗或省 剋〔四二〕 殺也
刻剾 說文鏤也一曰痛也一曰豕跡古作〔四三〕剾 勊 說文尤〔四四〕極也一曰自彊也 悈
駭而自專也 ○裓 訖得切衣裾也文四 嬬 東〔四五〕也 䎌 䎌耕艸生 𩋲 翅也
○餩 乙得切噎聲文三 檍 木名可為弓幹 𧓍〔四六〕 蟲名 ○或 樴北〔四七〕切疑
亂文七 𢦔 說文亂也通作或 𢦔 水流也 蜮蟈 蟲名短狐也或从國 鵒
鳥名方言戴勝燕之東北謂之鵒 𩴴 鬼䰟回風一說鬼回風伺人也或書作魁 ○帼
忽或切巾帛被風聲或書作幗文一 ○國𡈁圀 骨或切說文邦也古作𡈁唐武后作圀文

〔四九〕蝦
〔一〕緝
〔二〕褳 裣
〔三〕濈
〔五〕鋒

六 蟈 蟲名蝦蟇也 膕 曲膝中也 馘 割耳也 ○匐 匹北切匍匐也
文二 覆 反也 蠈 蟲名蝗也
二十六 ○緝 七入切說文續也文十六 葺 說文茨也 緁緝 衣緶
也或作緝 褳〔二〕 說文裣緣也 偮 偮偮行皃 咠 詩咠咠幡幡 [illegible]
心不正也 諿 和也辯也 聲 鼓無聲 輯 斂也 濈湒〔三〕 集水沸皃或作湒
正也〔三〕 趿 博雅行也 霵霵 雨下皃 ○鞈鞈 息入切聾皃履謂之鞈或从韋
三 文十 卅 四十也 霅雭 霅大雨一曰奚霅東北夷名或作雭 嘒 嘒嘒聲
寒聲 瘖 小痛也 箿 織竹器緣 踥 斂膝坐也 鈒 鏶小 𨛜 邑名 [illegible]

〔六〕歃
〔七〕聚　〔八〕湁　濈　涌
〔九〕輯
〔十〕「不」
〔十一〕叶雲
〔十二〕⿱竹執
〔十三〕褳　袷

行兒 ⿱折木 持止也 ○ 嗺 即入〔五〕切說文噍也一曰歃〔六〕也文二十七 䁒 目動也
咠 噿 咠咠聶語也或从口 㒫 人眾〔七〕也 濈 淁 水濈也一曰拾〔八〕濈水微轉細通兒或作淁
㙷 泉出於土也 湒 說文雨下也一曰沸涌兒 䐶 肥膏也一曰劊潰出兒
䌖 說文合也一曰鑾〔九〕夷貨 雧 物相重累 斟 說文斟斟盛也汝南名蠶盛曰斟
輯 博雅輯謂之𨋻一曰車鞘 揖 聚也詩螽斯羽揖揖兮 稓 稓稓禾眾兒
蓻 說文艸木〔十〕「不」生也一曰茅芽 葺 博雅覆也 ⿱艹集 艸名菩也 ⿱集山 山名 檝
楫 舟櫂也或省 緝 緝緝口舌聲 汁〔十一〕 汁光紀黑帝號 ⿱竹執 廣〔十二〕雅箭箷執也
褳〔十三〕 袷緣 輯 斂也 ○ 習 席入切說文數飛也文二十九 謵 說文言謵讋也

集韻入聲十　三三

〔十四〕袷　〔十五〕飁
〔十六〕阪　隰
〔十七〕苗　茵／
〔十九〕亼
一

葺 覆也 襲 說文左衽袍也一曰因也籀作𧟌 戢 兵掩也通作襲 褶
袷〔十四〕也襲也一曰袴褶騎服 漝 潝漝水兒 飁 䬀飁〔十五〕大風 霫 雬霫大雨一曰白霫北狄
國 隰 濕 隰〔十六〕 ⿱習𠂤 說文坂下溼也亦姓或作濕隰古作⿱習𠂤 鳛 ⿰習隹 山海經小侯山
有鳥狀如烏而白文名曰鳛鳛或从隹 騽 說文馬豪骭也一曰驪馬黃脊 鰼 魚名說文
鰼也 ⿸疒習 痺疾 熠 光盛兒 𥳁 艒 ⿱龍舟 覆船具或作艒⿱龍舟 槢 說文
木也一曰梁也 ⿱艹習 艸名〔十七〕博雅水菡菡也 ⿰虫習 ⿰虫習⿰虫習蟲兒 慴 慴也 ⿱𠂉十〔十八〕 相次也
〔十九〕亼 合也 ○ 雧 集 籍入切說文羣鳥在木上也一曰聚也成也亦姓或省文十五 亼
說文三合也象三合之形 卙〔二十〕 說文詞之卙矣 慹 說文悑也 輯 說文車和輯也一曰

集韻入聲十　三三

〔三一〕斂　〔三三〕嶫　〔三四〕也覆　〔三五〕䁥　〔三六〕𣳚　〔三七〕箠

斂也通作楫〔三二〕檝楫舟櫂也或省鏶鍓說文鍱也或作鍓蕺艸名菩也

葺𥳜覆也或从竹揖聚也成也通作輯㠎嶕嶫〔三三〕山皃○溼濕失入切說文幽溼也从水一所以覆〔三四〕而有土故溼也或作濕文二䁥牛耳動皃○斟

北入切斟斟盛也文二蟄和集也濕濕濕牛呞動耳皃○執秇質入切說文捕罪人也一曰持也古作秇文十二謺〔三七〕謺讘多言瓡縣名在北海斟

斟斟盛也汁說文液也鏊〔三八〕羊箠也一說東夷謂鏊爲鏊蟄靜也莊子蟄蟲始作郭象讀慹執事者通作執𥳜竹名汗〔三九〕脣聲慹〔四〇〕說文悑也○十寔入切說文數之具也一爲東西丨爲南北則四方中央備矣文八阡邡汁阡邡縣名在蜀或从

〔三〇〕濇　〔三一〕𠐊　〔三三〕㵕　〔三四〕屆　〔三五〕𥑮　〔三六〕㙂堪

邑亦作汁什說文相什保也拾說文掇也一曰射韝一曰劒削褶袴褶騎服湒水○入日執切說文內也象从上俱下也文三廿說文二十并也㚔盗不止也○澀〔四一〕濇〔四二〕澀丒澁色入切說文不滑也或作濇澀丒澁文十八䔼䔼蕺艸聲〔四三〕𢖿行不進也譅譅䜔言不止也㥶慳也𣟴木茂皃𠽤口不能言

也通作澀歰没立皃𩂁雨也一曰小雨〔四四〕翜說文捷也〔四五〕鈒闟鍛鋌也或作闟鍛澁蠻夷酋長名唐有澁〔四六〕達國王摩俱澁思○屆測入切屆足从後躡也一曰少也文十二𥑮〔四七〕石皃㙂〔四八〕土也㙂攝累偛偛傷小人皃一曰黠皃䘤衣重扱〔四九〕取也䅬種也𣘤木皃𣘤桎林𢔆行皃䚚角多皃㗊衆口緣

〔三九〕蕎　溼

〔四〇〕揖　〔四一〕斂

〔四三〕擘　〔四四〕穀　〔四五〕驫

〔四七〕勅　〔四八〕沸

踕 闕人名 ○戢 側立切說文藏兵也引詩載戢干戈文二十三 咠 說文衆口也

㗱 諭也 𥉉 䁒 淚出皃或省 濈 湒 說文和也或省 礏 石皃 䐶 脂

肥膏出也或省 觙 䚏 角多皃或从戢 偮 人衆皃 蕺 艸名葉似蕎〔三九〕麥生濕〔四〇〕地 㺢

殳立皃 楫〔四一〕 聚也 輯 鏶〔四二〕也 霵 霵 雨聲一曰雨下皃或省〔四三〕 𩆵 雨木盛皃 嶯

山名在越 聾〔四三〕 以新穀〔四四〕汁漬舊穀也 䔱 香菜 ○𡃜 仕戢切嚌嚌衆聲疾皃文五 驫〔四五〕

木盛皃 騳 騱 馬衆也或从集 𩤒 驖驖馬行皃 ○縶 陟立切繫馬也文八 馽

說文絆馬也引春秋傳韓厥執馽前通作縶 𠹕 嗎嗎鳴也 𩅩 小濕〔四六〕也 鷙 卓鷙

行不平 𨀆 足不相過 䞃 不動皃通作蟄 慹 怖也 ○湁 勅立切〔四七〕說文湁湒沸〔四八〕南也

〔五〇〕㙐　〔五一〕埴㙐

〔五四〕汗

〔五五〕柿

〔五七〕豚

〔五八〕鴆　〔五九〕犬焱

文四 䨐 博雅雨也 㙐〔五〇〕 說文下入也 埴 埴濕〔五一〕累土 ○蟄 直立切說文藏也文十二

䐲 博雅淪也 𠋪 偮偮耕人行皃 墊 㙐 博雅益也一曰累土或从濕〔五三〕 膣 脯也

屈曰脛 㞖 說文屆尾謂少也 䜊 言言不止也 㶒 汗出皃〔五四〕 瀿 濈濈

小雨 蕺 艸名堇也 楫 楫〔五五〕檝林木皃 ○立 力入切說文住也从大立一之上一曰成

也亦姓文十七 粒 䊚 說文糂也古从食 齝 齒䶑齘聲堅物聲 隸 臨也 鉝 胡食

器林邑王獻流離蘇鉝 雴 雴霅大雨 笠 說文簦無柄也 苙 畜欄也〔五六〕子如追放豚〔五七〕既

入其苙一曰藥艸白芷也 砬 砬磼石聲一曰石藥能制藥毒 岦 岦岌山皃 鳿 鳥名

說文天狗也如翠而食魚 鵖 鵖鴔小黑鳥鴔〔五八〕白呼江東名烏鵖 颯 颯颯大風 泣 泣焱〔五九〕

【六〇】啦 【六一】涸

【六二】濈

【六三】図

【六四】緬 【六五】讓 箸

【六六】莂

【六七】宥

【六八】曅

【六九】蝍

疾皃 砬石聲 啦舟聲 啦啦送【六〇】○孴昵立切聚皃或作孴文十四 涸【六一】

濕涸水皃 灄濈灄雨露皃【六二】 潝濈潝沸聲 嬬姫嬬婦皃 隰陊隰陝皃 図

図囲 図図私取物或作図囲 抐抳抐中制也【六三】 籋箝也 莂莂莂

艸密皃【六四】或作緬 ○揖一入切說文攘也一曰手著胷曰揖通作挹文五 挹酌也 咠

聶語也 葺艸名一曰葺莂艸密皃【六六】 箿挹器 ○熠弋入切說文盛光也引詩熠燿

霅行【六七】文四 昬曰多也聚皃一 蝹蠾蟲名螢 ○煜域及切燿火也或从昱

也文十二 昱㗸昱昱衆聲或从雲 曄曄曄光也或作熠爗【六八】 曅

湒急流皃 爗火盛皃 曅艸木白華 霅霅霰雨聲 騽馬豪也【六九】

【七〇】熱 【七一】聚

【七二】熱

【七三】砬

○吸迄及切說文内息也文二十七 噏噏噏衆聲疾皃 諗疾言也一曰諗評語

聲 歙說文縮鼻也丹陽有歙縣 熻熻熱也【七〇】 翕說文起也一曰衆也盛也 噏

日乾物也 鷸鳥名 瞈視皃 翖西域諸國官名有翖侯 劊欲割也 鄃

說文地名 歙擊也或从手揄【七一】 闟安定意史記闟然更始 渝

聲或作渝 嬆女性淨 扱斂持也禮以箕自向而扱之 脅胎脅肩竦體也或

作胎亦作脇 偳歙也老子將欲歙之或作翕通作歙 僉合也太玄應而念之 愉

書作 心熱皃【七二】 釵戟名通作闟 疢病劣也 ○泣乞及切說文無聲出涕曰泣文十四

皃 腸骨胸脯一曰乾也或从骨 湆【七四】說文幽溼也 磖砬磖【七三】石聲 胠湆

〔七六〕膹

〔七七〕啦

〔七八〕褊

〔七九〕絲弟

〔八〇〕堇葸

〔八一〕穀

〔八二〕弓遷乁

〔八六〕負

博雅膹謂之肶或作滑　位 位集人衆皃　⿰日縣⿰日巠 曝也或作暒　⿰日縣 目〔七六〕⿰日縣中枯也　扱 手至地儀禮婦拜扱地劉昌宗說　芨 艸名烏頭也　啦 〔七七〕啦啦送舟聲　○忍急 訖立切說文福〔七八〕也一曰疾也隸作急文十八　伋 說文人名　彶〔七九〕彸 說文急行也或从去　給 說文相足也亦姓　疲 病劣也　級〔八〇〕 說文絲次第也　汲 說文引水於井也一曰縣名亦姓　鈒 鈒屬　芨〔八一〕 說文堇艸也通作急　跲 躓也禮言前定則不跲皇侃讀　鵖 鳥名　扱 引也　皀 穀香　㗊 衆口　蒠 艸名葥藿也　⿰阝及〔八二〕 階等也通作級　○及弓遷乁 極入切說文逮也徐鍇曰及前人也古作弓遷秦刻石文作〔八四〕乁文十七　𡰯 〔八五〕博雅戶牡也　笈 負〔八六〕書箱　𢽾 新羅謂絹曰𢽾　苙芨

〔八七〕从及

〔八八〕从冃

〔八九〕抒

〔九〇〕陒隔

〔九一〕嬙

〔九三〕壯

白芷艸名芃蒼也或作〔八七〕笈　苽 博雅冬瓜苽也　鵖鴔雞 鵖鴔小黑鳥或从及从隹　給 敏言也禮恭而〔八八〕不中禮謂之給　伋汲 伋伋虛詐皃或作汲　彶 急行　○邑 乙及切說文國也先王之制尊卑有大小文十五　笸 捕魚竹器　浥 說文〔八九〕溼也　挹揖 說文抒〔九〇〕也或作揖　悒 說文不安〔九一〕也　裛 書囊一曰香襲衣也　⿰阝邑 唈囁陜也　⿰食邑 博雅臭也　⿰女邑 婭嬙婦皃　唈 嗚唈短氣　⿱艹邑 艸傷壞也　萉 萉蒳艸密皃　厭 厭浥溼意　俋 耕人行皃莊子俋俋乎耕而不顧　○岌 逆及切高過也爾雅小山岌大山峘文十五　⿰亻及 伋伋人衆皃　馺 馬行皃　㖃 〔九三〕㖃㖃衆聲　蝬 蟲行皃　⿰魚岌 〔九三〕魚衆也　𣦸㚫 危也或从及　業 牡也詩四牡業業　扱 拜手至地

[九四]嵒　[九五]穀　[九六]皀　[一]⿰舟合　[二]祭

也嵒[九四]地名春秋傳取宋師于嵒圾危也莊子殆哉圾乎天下通作岌磼嶫[九五]
磼嶫山高皃或从山⿱合⿰舟舟舟行○鵖北及切鵖鴔鳥名戴勝也文四皀說文穀之馨香[九六]
也象嘉穀在裹中之形匕所以扱之一曰一粒也⿰阝業陧險危皃㗊衆口○鴔匐急
切鵖鴔鳥名文一
二十七○合曷閤切說文合口也又州名亦姓文二十匌說文帀也郃
說文左馮翊郃陽縣引詩在郃之陽一曰合也⿶凵合會也通作郃詥說文諧也⿰齒合
哈⿰口⿶凵合食也或作哈⿰口⿶凵合頜頜車也⿺辶合[三]說文遝也⿰木合榙木名朝舒暮卷
⿰黍合秴[二]博雅⿰黍合秴也或从禾祫大合祭也啇闕人名列子啇周穆王車右峆

[四]欱　[六]⿸尸合[七]⿸广合　[八]壓　[九]⿰言岳　[一〇]鋌　[一一]瘩　[一二]頜旁

峆嶜山皃盒盤屬⿱艹⿶凵合艸名噈柔也榙果名似李○欱呼合切說文歠
也或从口文十[四]𪖐⿰鼻夾𪖐𪖙鼻息或从夾疲說文病劣[五]也匌帀也⿰月皮肥也
㰰㰰欱呻也瘩寒病⿰盍欠瘷也○⿸尸合[六]⿸广合[七]渴合切說文閉也或作⿸广合文二十
⿸厂缶⿸厂僉山左右有岸曰⿸厂缶或从⿸厂合匌博雅帀也瞌欲睡皃佮姓也⿸厂合
⿸厂合[八]壓也或从厂⿱穴合⿱宀合合也或从宀歁歁⿰欠欠癡皃一曰不滿意峇
山形⿰言岳[九]⿰言岳⿰言㬎笑語⿰口岳齧也頜姓也遂之彊族鉿博雅[一〇]鋌也⿰矛合矛也鼛
鼓聲瘩[一一]病寒也○閤葛合切說文門旁戶也文二十九⿸尸合閉也合兩龠
爲合佮說文合也匌帀也敆說文合會也頜[一二]頤傍一曰耳下骨亦姓秴

〔一四〕鋌

〔一五〕又云

〔一六〕遏

種也毾毾毾目睫長皃韐帢帢韎韐士服制如韍或作帢帢詥會言也鞈⿰革夾橐也一曰捍防也或从夾⿰巾及說文蒲席齡也一曰車藉柗劒柙⿰齒合哈食也或从口鉿鋌〔一四〕也浩浩亹縣名在金城郡郃地名鴿⿰合隹鳥名說文鳩屬或从隹蛤說文蜃屬有三皆〔一五〕生於海千歲化爲蛤秦謂之牡厲一曰百歲燕所化魁蛤一名復累老服翼所化或書作蛤鮯博雅東方有魚如鯉六足鳥尾名曰鮯洽水名嗑聲也磨和也○姶妑遏〔一六〕合切說文女字也引春秋傳嬖人婤姶一曰無聲古从邑文二十二娦婦名唈邑鳴唈短氣或省罯罯罯覆也罨網也焓藏火也鞥輪說文車具也或从車燇烹菜也鞥說文轡鞥一曰

〔一七〕趣

〔一八〕㬎絲

〔一九〕以

〔二〇〕始

〔二一〕俠

龍頭繞者馣香氣踚俺痷跛疾或作俺痷稖繪也罨婦人首飾〔一七〕頜姓也春秋傳有頜氏庵豕屋胎竦體皃詩箋胎肩諂笑沈重讀趛趛趣走急皃○嚃鄂合切嚃㬎㬎眾聲文十九㬎〔一八〕說文眾微杪也从日中視絲古以爲顯字一曰眾口皃或〔一九〕从爲爾爾者絮中往往有小爾也魥魚名哈魚口皃圾岌詭也莊子始〔二〇〕哉圾圾乎或从山𧮰謡𧮰笑語船般舟動皃或从及䆟寢而首動也儑傝儑無儀檢瘩寒病礘硆砐礘礘石皃或作硆砐岋動皃漢書天動地岋濕濕陰漢俠〔二一〕國名蛤蟲名歙歙歙癡皃○趿〔二二〕悉合切說文進足有所擷取也引爾〔二三〕雅趿謂之擷文十八靸鞈鞈說文小兒履也或作鞈靸鈒說文鋋也㚫娦㚫女字龖

[三四]卉　[三六]屮　[三七]迊　[三八]嚁　[三九]𦏃

龍飛謂之龖鍩鏤也通作鈒趿趻趿目睫長皃㪃㪃韘首動皃馺說文馬行
相及也一曰馳也𢓍說文行皃一曰此與馺同颯說文翔風也霅霎博雅霅霅
雨也或从妾卉[三四]說文三十并也𤬪器破儠儠譶疾皃○啑所荅[三五]切啑也文一
○𧾍錯合切𧾍趯走皃文四嬠貪也㒊壯猛皃磣砂也○帀迊
作荅切說文周[三六]也从反之而帀也或作迊文二十一[三七]歃歃歃聲也咂𠯗噈啑唼
唼也或作𠯗噈啑唼嘁嘁咨恎怩慙也嚁[三八]說文嗛也一曰齧脣沛沸皃𦏃[三九]羊䐹
也一曰獸名似羊魰魚口動皃魳魚名挾[三〇]持也或作扱浹浹㳈[三一]
十二日也殧終也葺艸名蝶蟲多皃趡趡趡走急皃○雜襍昨合

[三二]蹭　[三三]鄐　[三四]丘乀
一
[三五]溼　[三七]打
[三九]犬
[四〇]記　冒

切說文五彩相合一曰集也或从衣集文十四雔說文羣鳥也䕹籮戶簾也或从竹
𪗾齰聲磼嵲磼碟山高皃或从山蹭[三二]止也鄐[三三]亭名在鄡[三四]桼不一也莊
子鳩桼天下雧雧縣海鳥爰之川通作雜居也通作雜葺艸名灕絕皃○答
䆙德合切當也古作䆙荅說文小尗也㗳㗳㗳重疊
也溼[三五]䆙通[三六]作荅文十九也搭擊[三七]也踏蹹跳也跛也或从瘩肥皃褡[三八]字林被橫謂之
褡一曰衣敝榙榙樑果名似李通作荅䪞大垂耳皃嗒舐也鉤也㽬
縶也嫆嫆姶女皃㿴皮縱犬食○鎝託[三九]合切說文以金有所冒也文四十六[四〇]
帽帳上覆揩搨搭冒也一曰摹也或作搨搭塔墖鐊物墮聲或从沓

〔四五〕䵶　〔四六〕及　〔四七〕狧　〔四九〕云　〔五〇〕柱　〔五二〕沓　〔五三〕鏜

亦作鐗　鞜革履　𦊓罔也一曰罯𦊓覆也　婚說文俛伏也一曰服〔四三〕意　佮合也

榙果名說文榙櫷〔四四〕似李　䵶〔四五〕黑也晉書羊曼𢐡州里稱爲䵶伯　[illegible]積厚也　階

墊也　𧮬誻說文語相反〔四六〕𧮬也或从沓　嚃大歠也禮毋嚃羹　䶃哈食也或作

哈　[illegible]竹冒也一曰竹名　踏箸地也　蹹說文趿也一曰跳也　[illegible]指衣　狧〔四七〕

㹺說文犬食也或作㹺　[illegible]〔四八〕物濕附箸也　𦐇飛兒　濕漯水名出東郡東

武陽入海桑欽曰〔四九〕出平原高唐或作漯　[illegible]車釭也　榙桂〔五〇〕耑　[illegible]鳥名　[illegible][illegible]萊

生水中大葉或作[illegible]　沓〔五一〕行擊鼓也　嗒荅〔五二〕解體兒莊子嗒焉似喪其耦或省　[illegible]

說文歠也　躢足重兒　鞳鞈鞻鼛闒鏜〔五三〕鞳鐘鼓聲或省亦从眔从鼓亦作

〔五六〕䵶　〔五七〕翊　〔五八〕莅

闒　○沓達合切說文語多沓沓也遼東有沓縣一曰合也亦姓文四十一　黮〔五六〕黑也　[illegible]

鞈鞳說文鼓聲也古作鞈或作鞳　誻嗒𧮬䛥說文𧮬誻也或从口亦作

𧮬䛥　譶說文疾言也　婚說文俛伏也　眔說文目相及也　搭鞳說文縫指搭也

一曰韜也或从韋　踏蹹蹋踐也或作蹹蹋　遝說文迨也　偕〔五七〕偕儑偕不任事也　墖

累土也　[illegible]字林絹重也　涾說文涫溢也今河朔方言謂沸溢爲涾　[illegible]蹋足趾

重也或作蹋　硞說文舂已復擣之曰硞　崉山重兒　龖說文飛龍也　䮿

駚駱馬行疾〔五九〕也　蜡蟲名博雅蝩蜡蚌也　蓫蘆菔也方〔五八〕言東魯謂之菈遝　楷柱斗

謂之楷　𦑣鶅博雅𦑣翍飛也或从鳥　幍帳上覆謂之幍　譗多言也　[illegible]

[六〇]歘

[六二]牴

[六四]始聚

[六六]納

竹名鬙髮也⿱龍言⿱龖言言不正也籀从二龍踏跳也歘[六〇]歃歘聲也○拉

搚拹㩉摺落合切說文摧也或作搚拹㩉摺文二十一柆說文折木也⿰月立

⿰月立臘肉雜也菈菜名蘆菔東魯謂之菈蘧⿸厂立砬說文石聲也或作砬磖磖礏

破物聲歃歃歁不滿皃颯翔風也翋𦑣[六一]博雅翋𦑣飛也或作翊雴

雨聲㸰㸰拉牛[六二]抵也⿰歹立朽折也⿸广立屋聲⿰齒立齧聲⿰衤立⿰衤立⿰衤希衣敝○納

內[六三]諾荅切說文絲溼納納也一曰入也古作內文十一衲補也鈉治鐵也⿰韋內博雅

軜也妠[六四]娶也一曰始納聚物㧚抐打也或省軜說文驂馬內轡繫軾前者引詩

鋈以[六五]觼軜魶[六六]說文魚似鼈無甲有尾無足口在腹下⿱竹納竹索⿱艹納香艸異物志葉如栟

櫊而小實類檳榔

二十八○盇[一]盍轄臘切說文覆也一曰何不也亦姓隸作盍通作蓋文十五磕

石聲闔說文門扇也⿸尸盇閉也亦姓通作闔蓋青齊人謂蒲席曰蒲蓋篕

篕[二]⿰木矣籧篨也⿰盇阝說文地名嗑⿰言盇⿰言甲說文多言也或从言亦作⿰言甲鉀鑉

方言箭小者[三]長中穿二孔謂之鉀鑪或从蓋⿸虍盇藏也太玄⿸虍盇其缺熆吹火○欱

黑[四]盇切大啑也文三[七]⿰魚欠⿰魚內⿰魚欠魚名⿰虫盇⿰虫盇蜡[五]蟲名○榼⿱盇䖵[六]醘克盇切說文酒

器也古从壼或从酉文十七磕說文石聲⿰盇支[八]敲也⿰衤盇⿰衤盇襠婦人袍搕取也

⿸厂盇山傍穴[九]一曰地名⿰革盇⿰革盇靸革履瞌欲睡皃⿰車盇車聲溘[十]⿰女盇

[二]⿰木矣

[三]而者

[四]味

[六]⿱盇䖵

[七]壼

[八]鼓敲

[九]穴

[二〇]溘

[二三]鉀

[二六]穴　[二七]太　[二九]磼嶫

說文奄忽也或从歺蝔蟲名⿸厂盍閉戶也濭[二〇]博雅依也⿸疒盍[二一]疲病○砝居盍切石聲文二⿱盍鳥鳥名○⿰盍頁谷盍切⿰盍頁車頷骨文十二嗑⿰言盍嗑嗑語也或从言鎑鎑鏻温器蓋姓也[二二]⿰革盍⿰革盍靸履也⿰盍阝⿰蓋阝地名或从蓋蝔蝔蜡蟲名闔閉門也鉀[二三]鉀鑪箭名鰪魚名似鰿而小○鰪乙盍切鰪鯑魚名文八搕[二四]以手覆也𠟰[二五]䶘飾采謂之𠟰或作䶘盦說文覆蓋也⿸厂盍山旁穴[二六]⿸广盍藏也木[二七]玄⿸广盍其缺鰪[二八]魚名○[二九]磼嶫玉盍切磼嶫山高皃或从山文七⿰骨業⿰業頁⿰骨業首動皃或[三〇]从頁⿰目業睡皃業⿱山炏[三一]壯也詩四牡業業一曰危也古作⿱山炏[三二]○⿰亻⿱大非⿰亻⿱⿱大非土⿱大非悉盍切博雅⿰亻⿱大非俠惡也或作⿰亻⿱⿱大非土亦省文十四⿵門⿱大非閉也⿱艹⿱大非艸聲⿰口⿱⿱大非土

[三三]⿰⿱大非支　[三四]卅　[三五]肱

[三六]⿱大非　[三七]諡

[三八]皶膪

⿰口⿱大非⿰口⿱大非醜也一曰食皃⿰扌⿱大非破聲一曰持也⿰衤⿱大非⿰衤立⿰衤⿱大非衣敝⿰足⿱大非⿰足⿱大非⿰足⿱大非行皃⿱雨⿱大非雨下也⿰⿱大非支[三三]起也⿰土⿱大非⿰土⿱大非⿰土⿱大非土墮皃卅[三四]說文二十并也⿰月⿱大非弦[三五]⿰月⿱大非肉雜也○⿰口雜七盍切助舞聲文四雜集合意春秋傳宜雜然[三六]助之何休讀⿰石雜石多皃或書作⿰言雜⿰氵雜沸皃○⿱大非[三七]疾盍切惡也亦姓文四⿰言⿱大非⿰言⿱大非⿰言⿱大非聲也⿰扌⿱大非攔⿰扌⿱大非和攪也⿰走⿱大非疾走皃○譫章盍切多言也文一○皶[三八]膪德盍切皶皶皮皃或从肉文十五⿰土耷地之區處耷大耳曰耷搨⿰扌耷打也或作⿰扌耷⿰忄耷心恐也⿰⿱日羽刂⿰金耷鉤也或作⿰金耷⿰食⿱日羽⿰食内食皃⿱竹⿱日羽竹相擊⿰口⿱日羽口動皃⿱艹⿱日羽菜名⿰石乇擲地鳴也⿰⿱日羽羽皮服○榻⿰木翕託盍切牀也或作⿰木翕文二十七⿰亻⿱日羽⿰亻⿱日羽⿰亻⿱大非惡也一曰不謹皃塌地下

[二九]鈟　下平缺　[三〇]翈
[三三]虗　[三四]𡍼
[三五]蹹
[三六]山

也遏邋遏行皃謵讇謵譫多言或作讇譶說文鼓鞸聲通作闒毾
說文毾㲪也艙䑶大船曰艙或作䑶鈟[二九]說文項也翈[三〇]說文飛盛皃騔
驪騔馬不進皃[三一]狢㹨犬食或作㹨鰈[三二]鮎[三三]說文比目魚也或作鮎鰨魚名[三四]
說文鱸鰨也蓊艸名可作布蹋蹈也䠎飛也[三五]鑉鑉鑪箭也溻也
碟翖歠也或从習闟闒茸意下○蹋蹹躢敵盍切說文踐也或作蹹
躢文十六闒說文樓上户也一曰閭里門也讇說文嗑也譫多言䈎艙
客扉謂之䈎或从木鉿器也𤛓抵也爉爛也擸排也壛塌墮也一曰地下
也或作塌闒[三六]上闒谷名在犍爲猲獸走皃○臘臈力盍切說文冬至後

[三八]皶
[四〇]絲

三戌臘祭百神或作臈文二十二蠟[三七]蜜滓鑞鍻錫也或作鍻[三八]爉火皃儠
儠傑惡皃𧝙𧝙褷衣敝皃礲石墮皃𤿭𢿫𤿭𢿫皮皃或作𢿫邋邋遢
行獵[三九]𪇰飛皃或从鳥䶨齾嗁聲或作𪘀䌘縕纚颯紛雜皃或作縕
擸擖折也或作擖闒闒茸意下驖驖騔馬不進○魶鰨諾[四〇]盍切魚
名鯢也似鮎四足聲如嬰兒郭璞說或作鰨文十䭆餲䭆食皃笝䈀維舟竹索或从
甲𪘀齧也䟜𢓜行皃或从彳𪏖柔也獳犬食皃
二十九○葉弋涉切說文艸木之葉也亦姓文二十四𥴻說文籥也枼
說文牑也一曰薄也偞輕也一曰疾不甚皃艓舟名擛聶擛擛動皃或从三耳

〔一〕華　〔二〕柵　〔三〕饌　〔四〕靨　〔五〕噠

緤繒帛番數也僷說文宋衛之間謂華〔一〕僷僷一曰詘也容〔二〕也媟媟奄病也一曰
微也揲閱持也楪牖也一曰楪楡縣名在雲中⿰木巤柵端通作葉鍱說文
鍱也齊謂之鍱煠爚也鬣帚端擖箕舌禮執箕膺擖堞女墻也春秋傳環城
傳於堞徐邈讀䈎籤也瞸目眇視⿰食枼〔三〕⿰米枼餅屬或从米⿺風枼風動皃⿰馬枼
馬行輕皃○魘⿱厭止益涉切眠不祥也或从止文二十一⿱厭田地名厭猒壓
說文笮也一曰伏也〔四〕合也或作猒壓⿰禾厭禾不實⿰山厭山谷形⿰阝厭地險隘也⿱厭目目動
皃〔四〕靨⿱猒面頰輔也或省擪說文一指按也或書作擫⿰木猒木葉動皃⿱厭女博雅
好也擖箕舌旃手網博雅罼罕囟旃率也嚈嚈〔五〕噠西夷名懕心可也揞

〔六〕瞸　〔七〕畝　〔八〕瘞　〔九〕補　〔十二〕曰　〔十四〕旃　〔十五〕罔　〔十六〕辛 [illegible]

捏也嫕嬈嫕女態○瞸〔六〕曄曅域輒切說文光也或作曄曅文九爗燁
爗說文盛也引詩爗爗震電或作爗爗皣說文艸木白華也瞱目動皃饁
說文餉田也引詩饁彼南畝〔七〕○瘞〔八〕去涉切病少氣也文三喋江南謂吃為喋怯
弱也○劫〔九〕戟業切博雅劫⿰糸業〔十〕補縫也文二鵖鵖鴔鳥名○极極曄切說文驢上負也文
八笈負書箱衱交領謂之〔十一〕衱袷劒柙拾更也鬣鳥名戴勝〔十三〕也⿸尸足
屧屐从後躡一曰小步眨乾也○敱憶笈切敱敭相及也文十一⿰糸劫⿰糸劫⿰糸業補縫
也腌漬肉裛書囊一〔十二〕曰香也旃〔十四〕手網⿰魚邑魚名淹漬也錌博雅椎也痷
瘦病⿰足奄跛也罨罔〔十五〕也○妾七接切說文有辠女子給事之得接於君者从〔十六〕辛从女引春秋

〔一七〕二

〔一八〕西

〔二〇〕插

〔二一〕也

〔二三〕睍

〔二四〕也

〔二六〕肏

〔二七〕𨗗

傳女爲〔一七〕妾妾不聘也文一十八 䈜竹器 鯜鰈說文魚名出樂浪潘國或作鰈 椄木名 ⿰麥妾接也 鍱鍱也 褄衣衿 ⿰妾刂續也方言秦晉續縄索謂之⿰妾刂 緁⿰衤疌緝〔一八〕說文緶衣也或作⿰衤疌〔一九〕緝 淁說文水也 踥博雅踥踥行〔二一〕也 疌姓也 ⿰食妾飯朵也 䅧土䅧農具 扱插〔二〇〕揷也或作插 帹幞頭 ⿰黑妾絲〔二二〕壞色 婕女兒〔二二〕 渫去水也 捷倢㥦捷捷譖言或从人亦作㥦 睫目傍毛 睫睫臘〔二三〕日欲没〔二四〕也

○接㩡即涉切說文交也一曰捷也亦姓或作㩡文二十九 綾〔二五〕續縷也 椄說文續木也 楫檝輯艥〔二六〕說文舟櫂也或作檝輯艥 䀹睫𥇈𣯳 ⿰毛妾睫𣰫說文目旁毛也或〔二七〕作睫𥇈𣯳⿰毛妾睫𣰫 淁水名 啑多言 疌闕人名史

〔二八〕仔

記衞疌伯周諸侯 ⿰氵疌⿰氵疌溛水出皃 婕說文女字也 倢說文佽也〔二八〕一曰倢伃女字通作婕 帹褄衣衿或从衣 䈜竹翣 萋艸名說文萋餘也〔二九〕叢生水中葉在莖端江東呼爲荅 鯜魚名 ⿰妾瓦瓦相掩一曰牛瓦 睫睫臘日欲没 䏹髑也

○疌疾葉切說文疾也从止从又又手也屮聲文十八 捷〔三〇〕說文獵也軍獲得也引春秋傳齊人來獻戎捷一曰亟也 緁緶衣也 倢倢博雅疾也次也一曰斜出皃〔三一〕或省 𧫴多言 踕足疾 ⿰糸集合也一曰遠夷物 ⿰山集崨山皃或作崨 接勝〔三二〕也易晝日三接禮世子生接以太牢皆鄭康成說一曰交也 椄椄槢梁也 艓舟行也 寁作屋居之速也 ⿱艹捷編艸障戶 婕美也 箑扇也 磼礏磼山連屬皃

○攝失涉切說

〔三三〕假　〔三四〕諜　〔三五〕系　〔三六〕歙　〔三七〕歃　〔三九〕瑞　〔四一〕臿　〔四二〕揚

文引持也一曰假也〔三三〕一曰鼀名文十八　欇　博雅杖也一曰木名似白楊一曰虎櫐亦書作枽

懾　懾慴恐懼也　葉　縣名亦姓　蝶　蟲名蝗也　諜　讋諜言失也　灄　水名在西陽

韘鞢　說文射決也所以拘弦以象骨韋系〔三五〕著右巨指引詩童子佩韘或从弓

颵　風兒　歙〔三六〕　歙氣也一曰縣名在丹陽　瞸䀹睫　目動兒或作䀹睫　喢　多言

淁　裁有水也　⿰忄瓜　怪也　悏　怯也　〇歃　色輒切貪也文九　歃〔三七〕　盟歃血也　⿸尸臿　从後躡也

喢　多言　霎〔三八〕　霅霎疾雨　箑　扇也　萐　萐莆瑞〔三九〕艸　翣　柩羽飾　歃〔四〇〕　欲也

〇臿〔四一〕鍤𦥯　砭歃切舂穀去皮也或从金亦作𦥯文八　䮢　馬行兒　⿰臿疌　揚〔四二〕麥杴一曰古田具或从甾

⿰甾疌　插　刺也　扱　收也　〇諿　尺涉切小言文十四　詀

〔四五〕枽　〔四六〕（言）曰　〔四七〕⿰聶瓦　士

詀讘細語〔四三〕　呫喢　呫囁附耳小語聲一曰多言或作喢　⿰女占　說文小弱也一曰女輕薄善走一曰多技藝

⿰女妾〔四四〕　女態一曰前却不媚　⿰忄瓜　佸⿰忄瓜黠兒　懾　說文心服也一曰懼也

歙　歙歙氣動兒　⿰氵瓜　淁⿰氵瓜水出　⿰月瓜　⿰月瓜膈肉動也　欇　蔓木名虎豆也　捷　插也

聶〔四五〕　木葉動兒　〇讋　讋讋　質涉切說文失气言一曰不止也籀不省文二十五　囁　言無節一曰私罵

讘譫　說文多言也河東有狐讘縣或从詹　⿸广詹　言疾也　⿱埶言　說文⿱埶言讘也

霅　霅霅震電　懾慴　說文失气也一曰服也或作攝　慴　說文懼也

埶　不動兒　執　巾也　攝〔四六〕　博雅詘也謂衣襞積　摺　說文敗也　枽　說文木葉搖白也一曰木名似白楊或書作欇

⿰聶瓦〔四七〕⿰土聶　盎屬或从士　⿰耳習　耳也　⿰犭聶⿰犭聶　博雅

【四八】宵　【四九】攝　【五〇】厲　歨少
【五一】升
【五二】品　【五三】詀　三
【五四】肉　【五五】耴
【五六】雨輢
【五七】衣

豕屬或作獵 ⿰月枼 䐑 切也或从聶通作聶 攝 曲折也一曰龜名 聶 合也爾雅
守宮【四八】螝葉畫聶霄炕 ○ ⿰巾涉 涉 歨 實攝切【四九】說文徒行厲【五〇】水也一曰歷也一曰水名篆作涉古
作歨文十 ⿰糸步 繒屬 ⿰金步 鐵也 拾 【五一】聶足升也 鍱 鍱也齊人語 慴 恐也 欇
聶 蔓木爾雅欇虎畾令虎豆或省 ○ 讘 囁 品【五二】 日涉切詀【五三】讘多言或作囁品文十一
⿰馬耴 馬行疾也 ⿰虫耴 蟲行皃 ⿺毛聶 毛弱皃 䐑 【五四】肉動也 顳 顳顬耳前動也 ⿰耳攴【五五】
說文䡫也【五六】 聶 附耳小語 灄 水名 ⿰氵耴 水皃 㚔 盜不止 ○ 輒 陟涉切說文車
兩輢也一曰專也文十二 耴 ⿰耳耴 說文耳垂也从耳下垂象形引春秋傳秦公子耴者其耳下垂
故以爲名亦姓或作耴 ⿰忄耴 襵 說文【五七】領耑也或作襵 ⿰扌耴 持也 ⿰金耴 說文鉆也 ⿱艹耳

【五八】千　【五九】⿰女臿
【六〇】下
【六一】踁　【六二】鍤
【六三】鈲
【六四】僷
【六五】⿰火侖
【六六】謵　【六七】⿰口臿　【六八】巤白
【六九】髮髡髡
【七〇】放

艸名小葉 鮿 膊魚不鹽也漢書鮿鮑十鈞顏師古讀 ⿰女耴 ⿰女耴⿰女臿女不善皃【五九】 ⿰耳攴 使也
⿰木耴 木小葉也 ○ ⿰月枼 ⿰枼刂 直涉切說文薄切肉也或作⿰枼刂文十 ⿰目枼 視不正皃 ⿰月習
爚也一曰生【六〇】熟半 殜 殜殗病也 ⿰土㬎【六一】 墊 廣雅益也一曰墊也或作㙝 偞 疾不
甚皃 ⿰足㬎 豆也 偞 偞偞華也 ○ 鍤【六二】 敕涉切綴衣【六三】鈲文十一 ⿱竹枼 博雅鈲也 ⿱竹臿
竹葉 ⿰女臿 說文疾言失次也 僷 【六四】僷容也一曰華皃【六五】 ⿰火枼 博雅爚也 ⿰忄耴 偛⿰忄耴【六六】點皃
一曰心動皃 ⿰氵耴 渫⿰氵耴水皃 ⿱雨耴 霅霎小雨 謵 謂讋語不正 ⿰口臿【六七】 多言 ○ 巤【六八】
力涉切說文毛巤也象髮在囟上及毛髮巤巤之【六九】形文三十七 ⿰長巤 ⿱髟巤 ⿺毛巤 說文髟⿰長巤歸也
或作⿱髟巤 獵 說文【七〇】放獵逐禽也通作獦 獦 戎姓 犣 牛名 ⿰革巤 馬靻 鱲 魚名

〔七一〕揹　〔七二〕⿰谷巤　〔七三〕刃　〔七五〕昵　〔七六〕驚　〔七七〕大

儠說文長壯儠儠也引春秋傳長儠者相之㘓齧聲颲風聲擸擖說文理持
也或作擖躐⿰足曷踐也或作躐邋說文憜〔七一〕也一曰邁也⿰氵巤水聲⿰衤巤衣皃
⿰巤刂博雅斷也⿱艹巤艸動也⿱竹巤竹名⿰目巤病視也⿰木巤蔓木名虎豆也纏林
木而生⿰馬巤馬行皃⿰言巤⿰言巤⿰言巤多言⿰日巤日欲入也⿰鼓巤鼓聲〔七二〕⿰糸巤聚名在上
蔡一曰谷名〔七三〕⿰石巤⿰石巤硉山連屬皃⿰土巤土皃⿱巤毛⿰馬毛車㚇以禦風塵也或作⿰馬毛臘
劒兩刃也鄭康成說累地名鉅鹿〔七四〕下曲陽縣西南有肥累城⿰豕巤豕長毛謂之⿰豕巤⿰火巤
火聲○聶昵〔七五〕輒切說文附耳私小語也亦姓文二十五嵒說文多言也从品相連引
春秋傳次于嵒北㚔幸說文所以驚〔七六〕人也一曰笑〔七七〕聲也一曰俗語以盜不止爲㚔隸作幸

〔七八〕煗　〔七九〕將目　〔八〇〕⿱聿又　〔八一〕筆聿　〔八二〕敍敁

⿰目聶⿰目耴目動或从耴⿰火聶⿰日聶煗〔七八〕也或从日⿱罒幸伺視也吏持〔七九〕日捕人曰⿱罒幸聿〔八〇〕
說文手之疌巧也从人持〔八一〕巾⿰扌耴拈也〔八二〕籋筆鑷⿰金爾⿰金耴說文箝也或从聿亦
作鑷⿰金爾⿰金耴⿰聶攴敍敁相及也疌說文機下足所履者躡說文蹈也跕足不相過
也楚謂之跕耴耳垂皃秦穆公子耳垂字之曰耴⿰糸業補衣⿰馬耴⿰馬聶說文馬步
疾也或作⿰馬聶⿰馬耴鳥飛皃一曰鳥名○抾去笈切廣雅抾〔八三〕也文一○⿸广由莊輒
切藏也一曰屋庳皃文三㴙下溼皃偛偛㥶黠皃一曰皮皺○偞〔八四〕虛涉切畏迫自
卑也一曰美容文十歙惵懼皃或作惵瞸䁋⿰目翕目眇視或作䁋⿰目翕鍱
鍱鋌也鐶也或省弽⿰弓合射決也或从合○⿰女臿丑聶切說文疾言失次也文一○

[八六]漸

[三]麩 [四]嘗

[五]碟犬舐

鵖䏦耴切鳥名文一○婹匹耴切女[八六]皃文一○倢息葉切倢倢行皃文四

䬃風皃霻雨雪皃䭈斬也

三十○帖託協切說文帛書署也文二十六怗靜也或从枼貼

說[八七]文以物為質也鞊說文韋飾跕行曳履屟屧䕻履中薦或作屧䕻

麩餠屬聲[三]䫡說文鼓無聲也或作䫡鉆鐵銸也一曰膏車鉆也呫嘗[四]也

蝶蝶蜡蟲名碟[五]狧大小舐或作狧㡇領耑諜安也一曰軍中反間笘

簡也堞堞女墻也或省詀妄言蹀蹈也擪壓一指按或作壓○聑

的協切說文安也文二十八㖃多語也鞊鞊韘馬被具㡇䄪領耑或从

[二六]楨

[二七]𠑃 𢥞 [二九]𣠔

[三〇]蕇

[三一]𡲋 [三二]聑

[三三]札

[三四]木 [三五]板

[三六]匕

[三七]楊

衣𨑺迊䜑走皃喋涉血流皃或作涉跕跕跕墮落也一曰徐行袩

方言稍[二六]謂之袩黖竹裏黑笘笘籙䉢也挕說文拈也𥨍博雅厭也一曰

屋傾墊地下𩅦寒也一曰早霜沾沾沾自整皃輒輒然不動皃㑙

㑙𠑃[二七]輕佻皃龖龖龖龍鬐也𨬍田器㤴㤴𢥞[二八]志𣏀𣏀𣠔[二九]䶡[三〇]也𧭁

多言㴑水皃𡲋[三一]下也鞊鞊韘帶具貼[三二]小耳垂○牒達協切說文札[三三]也文

四十九𥹳楪牀簀也或从𥟇𣜬[三四]笮鼓[三五]諜說文軍中反間也喋

血流皃一曰多言慴懼也𨬍田器[三六]䁋閉目𢝊惵安也或作惵揲閱持

也擂排也疊疉說文揚雄說以爲古理[三七]官決罪三日得其宜乃行之从晶[三七]宜亡新以

〔一九〕絲
〔二〇〕女
〔二六〕棰　〔二七〕枷
〔二八〕栓

爲疊从三日太盛改爲三田一曰厚也屈也懷也纆絲數欙木名有綿可爲布氎
毛布或从罽墣堞說文城上垣也或从枼墊江名在廣漢褺
說文褳衣也巴郡有褺江縣𧞤褋說文南楚謂襌衣曰褋或省褶襲也儀禮襚者
以褶一曰褶衣之在上者也短身廣袖一曰左衽〔二五〕袍𨆌走聲𨃷𨅖說文𨃷足也一
曰小步或作𨅖鍱鍱博雅鋌也一曰鐷也或省𠜴博雅刺也䈎鑶也轞
車聲渫浹渫凍相箸䈎葉書篇名或从艸渫渫渫波連皃𪐉竹裹
黑蜨蝶蟲名說文蛺蜨也或作蝶鷅鳥名山海經鷅鵊火二首四足如斑鷅䐞
治也槢梁也莊子桁楊接槢徐邈讀一曰柃中拴一曰檻下橫木鰈鰼東方比目魚名

〔三〇〕瓦
〔三一〕[illegible]　〔三三〕[illegible]
〔三四〕笭
〔三七〕桯　〔三八〕擸摖
〔三九〕鈴
〔四〇〕釵　〔四二〕餅

或作鰨艓舟名䕙艸名蹀博雅履也○𤮐瓴力協切說文瓴蹈瓦聲一曰瓦薄
也或省文二十五颲風也𩅸小雨𩭁髮踈皃〔三二〕𨔶𨗨行不正也或作𨗨
劦力不輟也𥓫堅土〔三四〕𪐉竹裹黑嚥譀嚥哏多言或从言[illegible]〔三三〕
耳垂也或从夾篋竹笭所以乾物𧝐衣相箸鰊魚名㮺木踈皃蛺
蛺蜨蟲名胡蝶也𧒂蟲行皃瓡瓡甈輕薄皃〔三六〕𪔖鼓聲燮火聲䈇
竹〔三七〕笪也蕻艸葉踈皃○捻諾叶切捏也通作敜文三十二〔三九〕擸摖撒擸中制
或作摖鞥字林鞍鞥薄也攝持也一曰攝然安〔四〇〕也鑷鈽鑷鋷博雅
正也或省隸作鑷亦作鋷𢈶壓也鋡小釵一曰小頭釘䬯𪌳餅也或从麥

〔四二〕穽
〔四三〕苶
〔四五〕⿱竹尔
〔四八〕勰

敜說文塞也引周書敜乃穽〔四二〕　坅博雅深也一曰空也靜也　埝益也一曰陷也〔四三〕　踗行輕也　⿰音念諗聲止也或从言　惗思也　暬晦也　慹不動皃　苶疲皃一曰忘也〔四四〕　⿱竹念竹索　⿱艹念艸名　蓻艸不生一曰茅莠　擪壓一指按也或作壓〔四五〕　袩博雅褙袩袥謂之褸衩　⿱穴執屋下傾　籋箝也或作⿱竹尔　○劦檄頰切說文同力也引山海經惟號之山其風若劦通作協文十九　協旪叶說文眾之同和也一曰服也合也古从日十或从口　恊〔四七〕說文同心之和　勰〔四八〕說文同思之和　挾接說文俾持也一曰輔也或作接　俠夾說文俜也一曰傍也亦姓或省　綊說文紅綊也　浹浹渫凍相箸　汁汁光紀黑帝號　裌袥也一曰褸裌藏也　⿰牛劦牛健謂之

〔五〇〕蛺
〔五二〕悏

協　愶䩡〔四九〕帶也　⿰禾夾穧也　⿰風劦風調也通作劦　鵊鳥名　○頰䪂脥吉協切說文面旁也籀作䪂或作脥文十三　筴箸也一曰小箕　鋏說文可以持冶器鑄鎔者一曰若挾持一曰劒也　莢說文艸實一曰艸初生一曰蓂莢瑞艸亦姓　⿰禾夾秝稀穧也　唊詼說文妄語也或从言　蛺〔五〇〕蟲名說文蛺蜨也　夾俠傍也或从人　挾持也　○匧篋詰叶切說文藏也或从竹文十七　蛺蛺蝶蟲名　⿱匧心悏　婡說文快也或作俠〔五二〕婡亦書作⿱匧心　⿸广⿱夾心叶也太玄⿸广⿱夾心而念之　脥腹下也　⿰夾欠羡欲也　⿰匧欠吹气也　⿱夾心說文思皃　⿸疒夾⿸疒匧說文病息也或作⿸疒匧　攝小龜名腹甲曲折解能自張閉者郭璞說　⿱山夾山皃　慊嗛足也或从口　○婡呼帖

〔五二〕燮 〔五三〕孰

〔五四〕婕 蛈

〔五五〕洽

切說文得志㛈㛈一曰㛈息也一曰少气〔五三〕文二欶喘息○𤸤悉協切說文和也从言从又炎〔五二〕徐鉉曰此蓋从燮省言語以和之也二字義相出入故也文三十六燮𤏳說文大熟〔五三〕也从又持炎辛辛者物熟味也籒从羊屟屧蘗蘖說文履中薦也或作屧蘗蘖𢥞意不平一曰忛懮志輕也㰅枫懮蕈名躞𨂝躞蹀行皃或从習㗩壞聲迭迓迭射決也走也通作蹀𢓭趨行皃艓舟行也㒑㑩傻輕佻皃鞢鞊鞢馬被具韘鞊鞢帶具𤬪瓦破聲㻶說文石之次玉者𩗴風皃䐑楪䐑楪小楔一曰牖也或作楪〔五五〕耴使也蜨蠜蟲〔五四〕博雅蛺蜨蠜蛈或从燮䁢閉目婕也〔五五〕洽椄椄槢梁也淮南子大者爲柱梁小者爲椄槢揲

〔五六〕洽 挾

〔五七〕尸

〔三〕𡴀 版 𡴀 樅 𤖀

持數也易揲之以四𢹬取也諜言相次也萐艸名〔五六〕隰濕闕人名春秋傳有公子隰或从水○浹即協切說文治〔五六〕也徹也通作挾文八浹浹渫凍相箸㼪半瓦謂之㼪一曰瓦相掩挾持也詩既挾我矢𢄔巾也㛈气劣皃䁎目閉帆衣領○蕥萐疾協切艸簾或从捷文三踕行皃○蕺千俠切小〔五七〕折聲文一○浥乙俠切宂陷也漢書踰波趨浥郭璞讀文一○挾尸牒切持也文二蜨蛺蜨蟲名○蛺於叶切蛺蝶蟲名文一

三十一○業〔三〕𡴀𤖀逆怯切說文大板也所以飾懸鍾鼓捷業如鋸齒以白畫之象其鉏鋙相承也从丵从巾巾象版引詩巨業維樅或作𤖀古作𡴀𤖀業一曰大也緒也事也始

〔三〕⿰糸劫

〔四〕凶

〔七〕脇

也文十九　諜樂也　⿰業乚引也　鄴說文魏郡縣亦姓　僷懼也通作業　緤⿰糸劫緤補縫也　⿰業刂續也　嶪岌嶪山皃或書作嶫　驜馬高大謂之驜　⿰魚業魚名　⿱業鳥鳥名知人吉凶　⿱魚魚魚盛皃　㗼口動皃　⿰業欠或从欠　⿰氵業橫水大版　⿰阝業厓險危皃　○⿰歹業殜余業切殗殜病也或作殜文三　⿰言業樂器　○脅迄業切說文兩膀也或書作脇文十九　熁火迫也　胠　⿰月劫　脥腋下也或从劫亦作脥　⿰脅欠　⿰劦欠說文翕气也或省　嗋合也吸也莊子口張而不能嗋　愶　⿰忄劦博雅怯也或省　拹　⿰扌脅說文摺也一曰拉也或从脅从翕　⿰弓合引強　⿰氵脅水流皃　⿰月合竦肩也通作脇　刦強取也莊子刦請之賊　魼魚脅也山海經魼魚羽在魼下　⿰土脅隄也　○⿰犭去

〔九〕亦發

〔一〇〕厓

〔一一〕渻

〔一二〕羨

〔一三〕或

〔一四〕押

〔一五〕押

怯乞業切說文多畏也杜林說从心文十三　⿰口劫㘃㘃聲也　抾持也挹也　呿臥息　胠說文腋下也一曰法也　⿸疒夾欠氣也　⿸疒去羸也　⿸厂去　⿸厂去厓也或作厒　鮁枯魚　消羨汁也　刦強取也　○劫訖業切說文人欲去以力脅止曰劫一曰以力止去曰劫文十八　刦強取也　抾　⿰扌劫持也馬融曰抾封狶或作㧜　鉣　⿰金劫說文組帶鐵也或从劫　衱裾也　袷交領　跲說文躓也一曰代也　⿰糸劫縫也　⿰口劫聲也　砝　⿱劫石硬也或从劫　⿱劫虫　⿰虫去石蜐蟲名足如龜或省　⿰目劫急視　极艸名　⿰木合[illegible]押　○磼士劫切磖磼破物聲文一　○跲　劫　𨕮極業切說文躓也或作劫𨕮文九　⿰木合[illegible]押　拾更也　极驢上負也　笈負書箱　⿰目及目乾也　給恭不

中禮曰給○腌脃又〔一六〕業切說文漬肉也或从邑文三十三〔一七〕　淹漬也　鰪𩶖魚名一曰可〔一八〕豚一曰漬魚也或从邑　饁博雅餘〔一九〕饁飼也　𩛩𩠒𪓶餲饐臭也或从臭从奄　晻閉目　俺說文大也　𤇘爓痷博雅病也或作爓痷　浥潤也詩厭浥行露　鞥車具　稖禾敗不生　䎨手網　爓火不明　裛說文書囊也　㤿幧頭　踚跛也　罯說文罕〔二〇〕也　䅖畮博雅䅖積種也或从田　饁野饋也　給敏言也禮恭而不中禮謂之給　呿口開皃　欱欱歙相及也　錇樵〔二一〕也一曰治暛〔二二〕器　掩打也　䜣前頓〔二三〕也○堞直業切田實也貫思勰曰秋田壜實文一

三十二○洽〔二四〕轄夾切說文霑也一曰和也徧也文二十七　柗說文劒柗也

〔一六〕乙
〔一七〕二
〔一八〕河
〔一九〕餌
〔二〇〕罕
〔二一〕椎
〔二二〕田
〔二三〕頓
〔二四〕柙

霵濈溼〔三〕也　祫說文大合祭先祖親疏遠近也引周禮三歲一祫　陝陿峽狹說文隘也或作陿峽狹　㡾說文辟也　睞溝相接　硤硤石縣名　趚走皃　烚火皃　睞相箸也　齤〔四〕齹𪘅曲生皃一曰缺齒一曰嗍〔五〕聲或从咸亦書作齣　玲蜃飾器　給歲在未曰汁〔六〕給通作洽　欱郃〔七〕爾雅合也或作郃　袷領也　韐韐紳也　齡畫內口中也　浹浹渫水皃　姎女行急皃　蛺蛺蜨蟲名　浹字林浹渫〔八〕凍相著○齁𪖐歉迄洽切齁鼻息識〔九〕从合从欠文九　潝潝濈湍〔一〇〕流　欬息也　𩐨歙欲博雅嘗也或作歙欲　齤嗍聲○恰乞洽切說文用心也文十九　帢〔一二〕䶗㡸帢匼帢帢弁缺四隅謂之帢帢士服也一說魏武帝

〔三〕黴
〔四〕齤
〔五〕嗎
〔六〕協
〔八〕渫箸
〔一〇〕眘
〔一二〕𠷎

【一三】抓　【一五】作　【一六】嗺　【一七】瘱　【一八】㚗鉆　【一九】湆　【二〇】帢　【二一】市

放古皮弁以帛爲之以色辨貴賤一曰按頭使下故曰帢或作䶗帹㡇䍐陷陷 掐【一三】抓也 剚陷也
通作【一四】⿰臽斗入也 䁍䀒 說文【一五】目陷也或从䀒 䶢 唯【一六】聲也 瘞 創也 念 合也太玄
【一七】瘱而念之宋惟幹讀 姶【一八】姑也 袷 衣縫一曰衿也 湆【一九】肉汁 ○夾 挾 訖洽切說文持
也从大俠二人或从【二〇】手文三十三 郟 說文潁川縣【二一】亦姓 袷 裌 說文衣無絮也或从
夾 帢 韐 𩌏 說文士無市有韐制如榼缺【二二】四角爵弁服其色韎賤不得與裳同鄭司農曰裳
纁色或作韐𩌏 鞈 說文防汗也 浹 澈也 𩍐 鞊【二三】說文鞮鞅沙也或从盍 䶢
唯聲 餄 ⿰食夾 ⿰食甲 餅也或作⿰食夾⿰食甲 䀫 䀹 眇也一曰目【二四】睫動或从夾 跲 躓也 ⿸疒夾
創也一曰獸足病謂之⿸疒夾 筴 箸也 唊 多言 梜【二五】說文檢押也一曰木名一曰木理亂 鵊

【三三】臿　【三五】臿　干

鳥名杜鵑也一曰書篇名陰陽家有鵊【二六】治子篇 俠 傍也 陜 地名周召所分 蛺 蛺蜨
⿰木合 劒匣 ⿰土夾 地 ⿸厂夾 水旁【二七】也 ⿱艸浹 艸名 浹 浹渫凍相著皃 睞 相著也 ○
⿰足奄 俺 乙洽切跛也或从尣文十二 ⿱穴合【二八】土墊 凹【三〇】 㕒 低下也或作㕒 疤【二九】
江淮之間謂病劣曰疤 圔 𥦗圔聲下皃 浥 潝 水宂陷也史記踰波趨浥或从翕
姶 女巧 痷 ⿸疒盍【三〇】 病也或从盍 ○ ⿰目巠 佗甲切視皃文一 ○ 歃 歙 哈
色洽切說文歠也引春秋傳歃而忘或作歙哈文十一 ⿰氵臿 說文飲歃也【三一】【三二】 喢 喢喋小人
言 翜 說文捷也飛之疾也一曰俠也 ⿰目臿 目睫動皃 ⿸尸臿【三三】 从後屆也 ⿺走臿【三四】 趨趨行疾皃
⿰風臿【三四】 風急皃 ⿰氵翜 溢也 ○ 臿【三五】 ⿰目臿 ⿱大臿 臿 測洽切說文舂去麥皮也从臼千所

[三六] 刺内捷

[三七] 牐　　[三八] 𠜻

以臿之或从臼从舂亦作臿文二十五　鍤 說文郭衣鍼也一曰螯也　插捷 [三六]說文刺肉也或作捷　偛𨗶 行皃或从辵　扱接 說文收也或作接　餂 餌也　諂 儳言

楯 木折聲　𡱈 說文从後相臿也　𪘨 𪘨齭齒動皃　笈 負書箱　⿰犭及 犬食也　⿱取火 火乾也　[三七]媢 疾言失次也一曰怯也　[三八]喢 喢⿰口芻小人言　偛 偛㑳小人皃

⿰臿刂 切聲　⿰月臿 牐肉也　⿰?疌 說文疾也古田器　○眨䀹 側洽切目動也或从夾文十五　霅 雨聲　⿰臿皮 皺⿰臿皮老人皮膚皃　⿰足臿 足動皃　⿰言臿 譫⿰言臿多言　偛 偛㑳小人皃一曰黠皃　⿰氵臿 泙⿰氵臿下溼一曰滴水也　⿸尸臿 楔也　⿰口⿸尸臿 噍聲　⿰糸臿 縫也

⿰衤臿 重緣也　𧳅 豕食　嶻 山名在越　插 攝也　○萐 實洽切說文萐莆瑞艸也堯時

[三九] 廚

[四一] 一　　[四二] ⿰火侖

[四三] 剌 箸

[四五] 涇 [四六] 勦 [四七] 𥁕

[四九] 回　　[五〇] 美

生於庖廚[三九]扇暑而涼文十六　⿺辶筆箑 行書也秦使徒隸助官書艸⿺辶筆以爲行事謂艸行之間取其疾速不留意楷法也从筆从辵或作箑　⿰言臿 ⿰言臿諜言不定　⿰女臿 女皃　濈 湁濈湍流　⿰馬臿

[四一]⿰馬枼 馬驟皃或作⿰馬枼　⿰彳臿⿺走臿偞 行疾或[四二]作⿺走臿偞　渫 水名在上黨　牐 閉城門具　二曰以版有所蔽　[四三]⿰?枼 ⿰氵臿 博雅[四四]淪也或作⿰氵臿　鰈 魻鰈鱗次衆多也一曰裝飾[四五]皃　○

劄 竹洽切刺著也[四六]文八　⿰馬荅 馬行皃　[四七]譗 譗諠言無倫脊也　⿰亻荅 ⿰亻荅⿸广至忽觸人也　⿰虫囟 蚊蟲也　溚 濕也　⿱雨荅 雨聲　⿰荅力 謹力也　○[四八]⿱夵皿 敕洽切和五味以烹也文二　⿰貝臿 博戲名

○[四九]⿴囗㐅囲 昵洽切說文下取物縮藏之或作囲文十三　⿰月聶 臑也　⿰米囟 粘也　⿸广囟 ⿸广⿰?囟隘也　凹 凹凹物低垂皃　⿰女聶 美[五〇]也　⿰夾攴 盡也　⿰口芻 喢⿰口芻小人言　㑳 偛㑳小人皃

〔五三〕毹　〔二〕庘　〔三〕韐　〔四〕隱　〔五〕宜一十

䶵齸齣齒動皃　箇竹維舟謂之箇一曰補籬也　𣽂〔五五〕水動皃　○衤立力洽切衣敝文一〔五二〕　○諜五洽切諵諜語笑皃文二　䁙婟䁙戲謔皃　○毹〔五三〕氎徒洽切毛布也或从

疊文二

三十三○狎〔五七〕轄甲切說文犬可習也一曰更也近也文十八　匣說文匱也　魻魚名　庘〔五八〕虎習搏皃　怉悅也　筪笚竹名或省　炠火乾也　翈博雅翈䂎羽也　衤甲衿也　韐〔五九〕華葉重多皃　雭衆言聲一曰雭陽地名在樂浪　舺舺䑩舟也　押撿押隱〔六〇〕括也顏師古說　評諵評語聲也　柙榏𡆴說文檻也以藏虎兕或作榏古作囮　○甲古狎切說文東方之孟〔六二〕陽气萌動从木戴孚甲之象一曰人頭空爲甲甲象人

〔六〕「神，廣雅襦也」　〔七〕刺　〔八〕壓

頭古作命始於十見於千成於木之象　鉀鎧也通作甲一曰介鎧也一曰狎也亦姓文十五　笚竹名一曰擊也　胛闔也與胷脅相會闔也　迊關人名　玾玉名　押輔也　柙〔六五〕木名　砰岬兩山之間爲岬許慎說或从山　舺舺䑩舟也　匣匱　神〔六六〕廣雅襦也　跚行聲　○押乙甲切按也文十二　渖渖漘水流下兒　浥下溼兒　壓說文壞也一曰塞補也伏也或作壓〔六七〕　庘壞屋謂之庘一曰豕屋　窜說文入脈刺〔六八〕穴謂之窜　閘說文開閉門也　鴨鴨鴨鳥名博雅鳧鶩鴨也或作鴨鴨亦書作壓　摩按也　○呷迄甲切說文吸呷也文六　評多言也　諏誕也　吹吹鼻息　嗑嗑然笑聲　鮚鮚鮃鱗次衆多皃　○翣萐接翜攝翜

〔九〕北豖

〔三〕除

〔三〕浹

〔四〕⿰革枼

箑 色甲切說文棺羽飾也天子八諸侯六大夫四士二下垂或作萎接翣攝翜箑文二十 帹 面衣也博雅䍜謂之帹帞 ⿰衤疌 袨⿰衤疌衣緻 啑 唼 啑喋水鳥食皃或从妾 ⿰木疌 木理起皃 ⿰豕疌 博雅⿰豕疌⿰豕彔牝豕也 霅 散也漢書霅然陽開 ⿰豸妾 ⿰豸妾獸名或从豕 箑 說文扇也通作萎 萐 萐莆瑞艸也王者不嗜味則生於廚 蜨 蛺蜨蟲名 霎 雨聲一曰小雨 ○霅 直甲切說文霅霅震電皃一曰眾言文九 𢸈 押𢸈重接皃 ⿰氵霅 水名 霅 通作霅 渫 徐去也一曰水皃 渫 浹渫凍相箸 鰈 魚名一曰鯽鰈鱗次皃 ⿰革枼 鞢鞢華葉重多皃 喋 啑喋鳥食皃 揲 數也 ○霅 斬狎切地名霅陽障在樂浪文一 ○挾 子洽切持也文二 啑 啖也

〔二〕眨

〔五〕⿰犭乳 上

〔六〕眂

〔七〕恐

〔八〕丁

三十四乏

○乏 扶法切說文引春秋傳反正爲乏一曰匱也文六 汎 泛 汎疌聲微小皃或从乏 姂 說文婦人皃 疺 瘦也 貶 射者所蔽通作乏 ○灋 法 佱 弗乏切說文刑也平之如水从水廌所以觸不直者去之一曰則也亦姓或省古作佱文四 姂 博雅好也 ○⿰犭臿 敕法切⿰犭臿⿰犭辰飛皃文一 ○⿰女爆 叵乏切病也文一 ○⿰犭乳 眨法切⿰犭臿⿰犭乳飛皃文三 ⿰氵⿱山乙 水皃 ⿱山乙 靜也 ○猲 ⿰犭欲 气法切短喙犬一曰恐逼也或从欲文四 姂 好也 抾 挹也 ○饁 下法切餉也文一

集韻卷之十

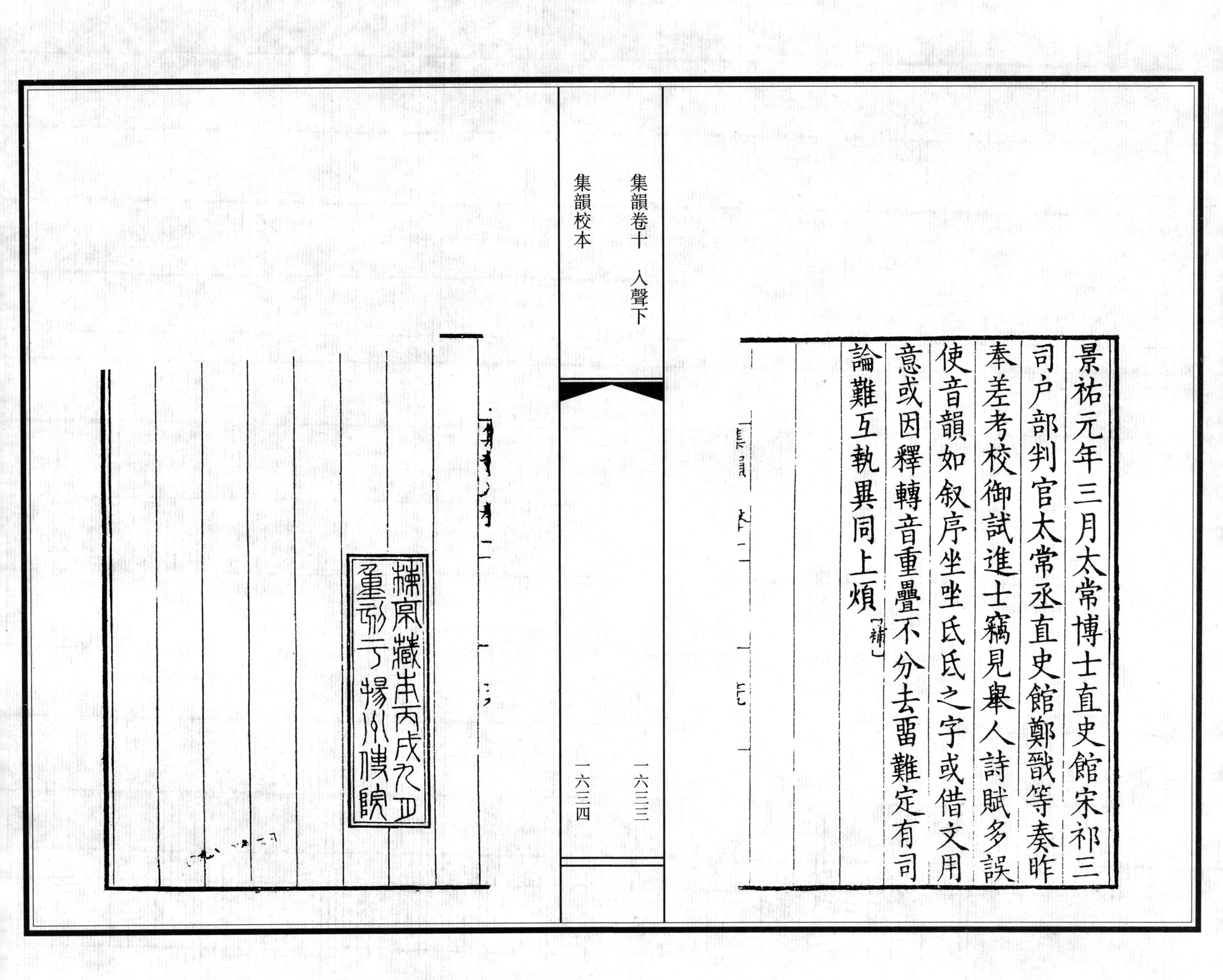

景祐元年三月太常博士直史館宋祁三
司户部判官太常丞直史館鄭戩等奏昨
奉差考校御試進士竊見舉人詩賦多誤
使音韻如叙序坐坐氏氏之字或借文用
意或因釋轉音重疊不分去聲難定有司
論難互執異同上煩[補]